Alianza Cien
pone al alcance de todos
las mejores obras de la literatura
y el pensamiento universales
en condiciones óptimas de calidad y precio
e incita al lector
al conocimiento más completo de un autor,
invitándole a aprovechar
los escasos momentos de ocio
creados por las nuevas formas de vida.

Alianza Cien
es un reto y una ambiciosa iniciativa cultural

TEXTOS COMPLETOS

IMPRESO EN PAPEL ECOLÓGICO
(EXENTO DE CLORO)

JUAN PERUCHO

Las sombras del mundo (Cuentos)

Alianza Editorial

Diseño de cubierta: Ángel Uriarte
Ilustración de cubierta:
Fresco de los grifos. Sala del Trono del
Palacio de Cnossos

Calle J. I. Luca de Tena, 15; 28027 Madrid; teléf. 393 88 88
ISBN: 84-206-4669-5
Depósito legal: B-12943-95
Impreso en Novoprint, S.A.
Printed in Spain

Anita Febrer, o un vago murmullo sobre el agua, allá donde empieza o acaba la poesía

Después del gran partido de criquet fueron todos a merendar bajo los tilos del parque. El balneario quedaba a la derecha, medio oculto entre los setos silvestres, muy próximo al lago. Al caer la tarde, se había endulzado algo el aire, y era una delicia sentirle juguetear en la nuca y en el pelo, mientras cantaba allá arriba, en las altas y bulliciosas copas. Lo cierto era que permanecían jadeantes y sudorosos, encogidos en actitudes forzadamente cómicas, aguardando a que las camareras hubiesen puesto los manteles. La maleza ponía cerco al pedestal del pequeño fauno de mármol que, pocos años antes, un bañista rejuvenecido, en honor a las casi milagrosas aguas, había regalado a la Dirección. Junto a él estaban los bancos de granito con respaldo de hierro, y también estaban los muchachos dando una imaginaria serenata y luciendo sus inmaculados pantalones blancos. Sara, Josefina y Laura se cubrían la boca con sus pañuelos e intentaban reprimir en vano la risa, mientras Anita Febrer se había subido a la glorieta para contemplar el lago.

El lago, a esta hora de la tarde, quedaba silencioso y terso, con algún vago murmullo flotando por sus aguas. De vez en cuando, una canoa se deslizaba de la orilla hacia el centro o algún lanchón arribaba con provisiones para el balneario. En conjunto daba la impresión de uno de esos cuadros «primera medalla de la exposición de Viena», que reproducía la revista *The Studio* con especial fervor. Podía verse, desde luego, a través de una raqueta de tenis, y con el rostro de una muchacha en flor pegada junto a la malla, pues era un paisaje especialmente propicio a los fugaces juegos del corazón y a las canciones lánguidas. «El poético lago de Tal, al atardecer». Éste era un buen título. Y sin embargo, no todo era juventud en las adorables márgenes del lago, y caballeros con bigote y perilla arrastraban su tedio o sus dolencias tocados con deportivas gorras de paño inglés, mientras leían con sosiego en el periódico los artículos de hondo latido civil del poeta don Juan Maragall.

Anita Febrer había escogido las guirnaldas. Quiero decir que, durante la semana que había precedido a la celebración de la Fiesta de la Poesía, Anita había trenzado flores de papel, junto a Laura y Josefina. Flores y más flores para la fachada del balneario y para el espacio reservado a la Comisión y a las autoridades. El balneario vivía un poco pendiente de las modas y formas de vida y de relación de los grandes establecimientos termales ultramontanos. Se citaba constantemente, por ejemplo, Aix-les-Termes, y las señoras que sabían hablarlo hacían un rato de tertulia en francés, después de las sudaciones de agua sulfurosa. Se bebían grandes vasos de esa agua repugnante y acto seguido se masticaba, como paliativo, un típico pastelillo azucarado. Un farmacéutico de la localidad había escrito, con gran éxito entre la colonia del balneario, una *Memoria crítico-científica sobre las aptitudes curativas, higiénicas y morales de las aguas sulfurosas.* Sin embargo, se iniciaba ya la decadencia de esas aguas.

Las señoras de la Comisión habían invitado al gran poeta de Cataluña a presidir su Fiesta anual de la Poesía. Se cursaron invitaciones y se publicaron notas en la prensa de la ciudad, en Barcelona y en Gerona. El acto, indudablemente, tenía una gran trascendencia social. Anita Febrer, sensible y delicada, se proponía estrenar un maravilloso vestido de tafetán blanco al que la marquesa de Valldaura recomendaba, como culminativa perfección, el rojo de unos vivos claveles reventones. Anita Febrer poseía la gracia aérea del pájaro y su pensativa belleza reverdecía en la sangre de las viejas señoras de la alta burguesía y en la de los aristócratas aquejados de artritismo. El padre de Anita, acaudalado banquero de Barcelona y militante en las filas del catalanismo político, enviudó a los siete años justos de su hija, la cual, desde entonces, pasaba largas temporadas en San Sebastián, con la hermana de su madre, que estaba casada con Paulino Arteano, primo del político e ingeniero de minas. Desde San Sebastián, la familia Arteano solía ir algún domingo a Biarritz con su sobrina a ver las regatas y a comer en «La Belle Jardinière». En Barcelona, Anita Febrer frecuentaba los círculos artísticos y literarios de su padre, y recordaba con emoción el concierto a dos pianos que Albéniz y Malats dieron en el Casino de Tiana, durante el cual se desmayaron dos señoras.

Los adornos y las banderas habían quedado ya dispuestos. El personal del balneario corría con las sillas que iban colocando en largas hileras delante del estrado. Alberto, Luis, Jorge y el apuesto Olegario —hijos todos ellos de buenas familias— habían logrado, por fin, enderezar dos mástiles a ambos lados de la tribuna presidencial. Hacía un tiempo maravilloso. Los pájaros cantaban ocultos en el follaje de los árboles. Comenzaron a llegar entonces los primeros coches procedentes de Besalú, Olot y Figueras. Anita subió precipitadamente a vestirse.

Serían las seis y media cuando un extraordinario bullicio animó la abarrotada plazoleta del balneario. La gente se había puesto en pie y aplaudía frenéticamente. Las damas lucían esplendorosos vestidos estivales, bajo el ocaso del sol de agosto, y los caballeros unos crujientes sombreros de paja. Anita Febrer vio por primera vez al poeta en el preciso instante en que éste bajaba de la calesa que conducía «Tonet», el tartanero. Le acompañaban la marquesa de Valldaura y don Evaristo Miralles, ambos de la

Comisión. Don Juan Maragall aparecía aureolado de una serena tristeza, frágil y ya muy derrotado físicamente, pero con una mirada intensa y viril. Los gallardetes se agitaban furiosamente en el viento.

Fue un atardecer maravilloso, inolvidable, una verdadera fiesta del espíritu. Se había producido un silencio expectante, y sólo la brisa húmeda del lago turbaba, de vez en cuando, la palabra. El poeta habló de la poesía y de sus versos. Hablaba con voz pausada y tranquila, un tanto quebrada. Se refirió al paisaje de las altas montañas tan queridas y a sus visiones del mar; al espectáculo fascinante de la Naturaleza y, con cortés deferencia, a la joya, eternamente renovada, de las aguas del lago, allá donde comienza o acaba la poesía. Habló también de la palabra, de su entrañable teoría de la palabra viva, y explicó cómo había nacido al oírla, intensa y trémula, en labios de una niña que mendigaba por amor de Dios, allí en el Languedoc, en las altas soledades de la otra vertiente del Pirineo. La niña había señalado al cielo estrellado y dicho simplemente: «Lis esteles...» Eso ya fue al final. El poeta habló también del hombre y de la bondad del corazón, y un poco de la muerte.

Entonces brilló en el cielo purísimo la primera estrella. Antes habían encendido ya algunos farolillos japoneses. Anita Febrer miró al cielo y repitió como la niña de voz de hada: «Lis esteles...» Sentía algo misterioso en el pecho, algo profundo y suave, y los ojos, sin querer, se le humedecieron de lágrimas. Un poco más tarde, entre el barullo de los organizadores, Anita Febrer presentaba su álbum al poeta. Éste la miró con simpatía y escribió el siguiente verso, escogido de un poema suyo, ya antiguo:

Tota tu ets una flor molt delicada.

Anita dio las gracias y, dando media vuelta, echó a correr entre el gentío, como si tuviera una prisa enorme. Le palpitaba rápidamente el corazón. Anita no lo sabía, pero en aquel momento el corazón le rebosaba de gozo y de felicidad. Anita Febrer había cumplido entonces la dichosa edad de dieciocho años.

*

Ha llovido un poco. Esta mañana, al bajar las escaleras del hotel, he sufrido una torcedura en el pie y he dado de bruces contra el suelo. Ahora, inmovilizado, desde la ventana contemplo el lago y el cielo gris, encapotado. Anita Febrer murió el mismo año que don Juan Maragall; tendría ahora sesenta y ocho años. Murió en Almería. No queda apenas nada de su tiempo, y el balneario está hecho una ruina. No existe nada. Ha desaparecido también aquella brillante sociedad que amaba a los poetas del país y a la que los poetas del país daban algo que se recibía con agradecimiento. Cada vez existen menos cosas y caminamos con tesón hacia la nada. Es triste.

Como pueda, trabajosamente de seguro, voy a bajar al *hall* a recoger los periódicos y a fumarme un cigarrillo. Sigue, desde luego, lloviendo.

La última Navidad del caballero Arístides Cardellach de la Harche

El caballero Arístides Cardellach de la Harche vino al mundo en la noble ciudad de Tolosa el día 21 de noviembre de 1748. Nació articulando palabras misteriosas, y según contaba luego su vieja nodriza, se quebraron los espejos de la alcoba y escaparon bufando los gatos de junto al fuego. Cosa a la verdad muy notable y extraña, pero sin la menor trascendencia. Al cabo de un par de horas el azogue de los espejos estaba rehecho y brillante, como así se pudo comprobar, y los gatos roncaban discretamente.

De muy niño Arístides Cardellach de la Harche sintió pasión por la Óptica, la Matemática, la Historia Natural, la Geografía y por lo que Montaigne llamaba muy honrado la «science de la gueule». A partir de los tres años el pequeño Arístides ya supo distinguir la diferencia que existe entre un *bouillon pectoral* de un *bouillon consommé,* y repudiaba la leche y el merengue. Su padre, de noble ascendencia albigense, gran amigo de Turgot, el fisiócrata, trasladó su familia a París, donde había ya desempeñado cargos públicos, algunos de gran responsabilidad, cuando creyó que a su hijo le había llegado la edad crítica. El señor Arístides Cardellach, padre, había conocido al ministro inglés sir William Temple, con quien había jugado inacabables partidas de *whist* y bebido grandes vasos de cerveza con el secretario del sir, el tímido e irascible Jonathan Swift, que padecía del llamado «vértigo labyrinthien». Jonathan Swift era un gran literato, muy enamoradizo e inconstante, que ponía en sus cartas muchas abreviaturas incomprensibles, tales como «Farewell dealest MD MD MD MD FW FW FW Me Me Lele Lele Lele». Parecía tartamudo.

El joven Arístides Cardellach de la Harche recibió una educación científica. Cuando otros jóvenes de su edad se entregaban a los placeres voluptuosos, él se dedicaba con ardor al estudio y a la meditación crítica, actividades solamente solazadas por las espirituales *friandises* de los buenos charcuteros de París. Pronto descolló en los aparatos ópticos y planimétricos, y escribió un *Projet de penetration en Abyssinie* que le valió una mención honorífica, no remunerada, del propio Luis XV, y la visita de un caballero fúnebre llamado Sartine, que más tarde había de ocupar el Ministerio de Marina.

En febrero de 1768 la Real Sociedad de Astronomía dirigió a Su Majestad británica una Memoria suplicándole que organizase una expedición marítima a los mares del Sur, al objeto de observar el trayecto del planeta Venus sobre el disco solar, acontecimiento científico de extraordinario revuelo. Su Majestad dio orden al Almirantazgo de equipar un navío, que fue el «Endeavour», de trescientas setenta toneladas, bajo el mando del capitán Cook. Viéndole tan bien aprovechado, Arístides Cardellach, padre, dio cartas de recomendación a su hijo para el científico y hombre de letras Joseph Banks, gran propietario en el condado de Lincoln, que debía tomar parte en la expedición. Arístides Cardellach de la Harche, apenas cumplidos veinte años, se embarcó en el «Endeavour», que merecía el apelativo de *a good sea boat,* con sus aparatos ópticos y planimétricos. Nada dicen de él las relaciones del viaje. Sin embargo, M. Hawkesworth, famoso editor de *The Adventurer* y de las obras completas de Swift, y que por encargo del Almirantazgo escribió una síntesis de los viajes del comodoro Byron, y del de los capitanes Carteret, Wallis y Cook, dice que el joven y famoso Arístides Cardellach de la Harche curó al capitán Cook de una peligrosa enfermedad suministrándole un humeante caldo de perro. Esta extraña noticia es confirmada por Alejandro Dumas en su célebre *Mon Dictionnaire de Cuisine.*

El viaje con el capitán Cook fue de gran provecho para el joven Arístides, y le sirvió para profundizar más sus estudios. Aprendió el árabe y la trigonometría. Cuando murió su padre heredó una inmensa fortuna, y asqueado de la política de París se marchó a vivir a sus posesiones de Tolosa, donde cultivó la alcachofa, el nabo y la cebolla dulce. Su cocinera, la vieja Henriette, para avivarle el fósforo del cerebro, continuamente gastado por sus excesivas cogitaciones, le servía platos estimulantes como aquel famoso *potage de grenouilles,* que gustaba tanto al gran Bernard Palissy.

Con el tiempo, Arístides Cardellach de la Harche concibió un gran proyecto: descubrir la situación exacta del Dar-Fur, paraje, al parecer, anclado en el corazón del África. Arístides, que no era ya tan joven como cuando emprendió el viaje con el capitán Cook, se carteó con los afamados geógrafos y exploradores del momento, como Bruce, Mungo Park y Browne, de quienes adquiriró vivas noticias y precisiones. En 1780 nombró a su tío M. de la Harche administrador general de sus bienes, con poderes otorgados ante el notario M. Brianchon, y partió hacia Marsella en compañía de su lacayo Jeannot y de su cocinera Henriette.

En Marsella, Arístides y sus criados embarcaron en «La Belle Étoile» rumbo a Alejandría. El primer contacto que tuvieron con el Egipto fue un contacto erudito, pues Arístides se convenció, ante las murallas de Alejandría, que Volney se había lamentablemente equivocado al querer precisar la antigüedad de las mismas. De allí partieron hacia El Cairo, gran ciudad en la cual Arístides Cardellach de la Harche alquiló una villa espaciosa. Residió aproximadamente un año, realizando investigaciones, leyendo libros, interrogando a los jefes de las caravanas del desierto, haciendo un inventario de los monumentos de la antigüedad. Un día, en las letrinas públicas, descubrió, y así lo consignó en su Diario, que los nativos, al igual que los antiguos romanos, con una esponja «se torchoyoient le derrière».

Después de estos y otros descubrimientos, el caballero Arístides Cardellach de la Harche organizó una caravana y partió en dirección al Dar-Fur, lugar donde ningún europeo, hasta la fecha, había puesto el pie. Cuando plantaban las tiendas al anochecer, Henriette, la cocinera, guisaba para su amo una *culotte de boeuf à la royale* o una deliciosa *grive à l'eau-de-vie*. Antes de dormirse, Arístides Cardellach de la Harche aspiraba el aroma nocturno y perfumado del desierto.

Al caballero Arístides Cardellach de la Harche le costó cuatro años descubrir el Dar-Fur. Era el cuento de nunca acabar. Resultó que esta extraña tierra, según cálculos del caballero, era la de la ninfa Deyopeya, a la que Juno, al decir de Textor, ofreció en matrimonio a Eolo, dios de los vientos. El padre fray Balthasar de Vitoria, predicador de San Francisco de Salamanca, y natural de la misma ciudad, había traducido así, mucho antes que lo mentara Arístides, el pasaje de Homero:

Catorce Ninfas tengo en mi servicio,
Cuya belleza es quanta se desea,

De éstas, en premio de tu fiel oficio,
Te daré la más bella, Deyopeya,
Para que con felice y diestro auspicio
Mujer propia y legítima te sea,
A quien perpetuamente hagas madre,
Y te haga de hermosos hijos padre.

Las penalidades y desventuras, así como los goces y alegrías de Arístides y su servidumbre, se recogen en el libro que éste escribió titulado *Voyage en Egypte et le Dar-Four ou aucun Européen n'avoit pénétré, contenant des détails curieux sur diverses contrées de l'interieur de l'Afrique.* En él se narra cómo se hizo gran amigo del sultán, las maravillas que contempló en su palacio, y cómo la achacosa y fiel cocinera tuvo que guisar a veces, a falta de otra cosa, y bajo el ojo vigilante de los avestruces, unas repugnantes espinacas del desierto a las que sazonaba echándoles una salsa de ajo y pimentón.

De regreso a El Cairo, Arístides se enteró de la situación en Francia. Estuvo un rato meditabundo. Después, dirigiéndose a Jeannot y a Henriette, que se sorbían las lágrimas, les dijo:

—Los reyes pueden ser humillados. Los hombres pasan, pero el corazón de Francia permanece.

Después de estas palabras, y con un nudo en la garganta, prosiguieron el viaje hacia Jerusalén para visitar el Santo Sepulcro, ya que éste era, según Arístides, el feliz término del viaje. Llegaron la vigilia de Navidad y vieron muchos turcos que iban con lanza, cimitarra, arcabuz, arco, saetas, daga y martillo pendiendo de la cintura; vieron también muchos peregrinos. Arístides iba consultando la *Descripción de la ciudad de Jerusalén,* que compuso en latín Christiano Adricomio Delpho.

Después de atravesar la plaza de los Ropavejeros, llamada así porque en ella se vendían vestidos viejos, ropa y todo género de muebles usados, Arístides leyó en el libro de Adricomio un pasaje que le impresionó. Decía el latino, refiriéndose al camino de la Entrada de los Caballos, que este camino estaba entre el palacio de Salomón y el de la reina. Por él sacaron a la reina Athalia fuera de la puerta de las Aguas o de los Caballos, y en el valle del torrente de los Cedros la mataron.

Por la noche, el caballero Arístides Cardellach de la Harche asistió a la Misa del Gallo en el monasterio de San Salvador, que era el convento principal de toda la Tierra Santa. Había una gran multitud de gentes devotas que habían hecho la peregrinación. Los frailes cantaron suaves villancicos, sencillas canciones perdidas en algún rincón de la niñez. Dios venía al mundo. Arístides sintió una profunda y tierna emoción en su pecho. Al salir, el aire era dulce, fresco y balsámico. Aquella noche, el caballero Arístides Cardellach de la Harche había ingerido la siguiente cena: *Consommé de volaille, Tortue, Petites timbales de nouilles au chasseur, Filets de boeuf financière, Mauviettes en caisse aux truf-*

fes, Suprême de volaille, Cailles, Perdrix, Ortolans, Gelée noyaux, Fruits de saison.

Al día siguiente, unas fiebres negras, muy sobresaltadas, atenazaron al caballero Arístides, de las cuales tardó en curar unos treinta días. Iniciado el viaje de regreso, recayó en las fiebres negras con grandes temblores, de los que, sin embargo, curó por segunda vez. Llegado a su patria, fiebres y temblores reaparecieron y acabaron cruelmente con la vida de nuestro caballero. Sin embargo, Arístides Cardellach de la Harche tuvo la dicha y el tiempo justo de morir en el amado y vetusto lecho de sus mayores.

Las científicas y documentadas obras que dejaba inéditas tan preclaro caballero fueron aprovechadas por Bonaparte en su conquista de Egipto. Más tarde, el emperador hizo erigir un monumento en Tolosa a la memoria de Arístides Cardellach de la Harche. Como tantas cosas de este mundo, el monumento no tuvo suerte y desapareció en la revolución democrática de 1848.

San Simeón el estilita y el caballero bizantino Kosmas

Cuando la rosa del cristianismo abría sus pétalos en los calores de Oriente y perfumábase el aire con el olor de santidad de tantos cenobitas y anacoretas del desierto, nació Kosmas en la ciudad de Antioquía en el seno de una noble familia griega. Kosmas fue un niño dócil, de pelo rubio y sonrisa abierta. Su madre le educó en el amor a Cristo, y Kosmas, por las tardes, después de sus juegos, se encantaba oyendo de labios de su vieja nodriza la vida y los hechos de los Apóstoles, esos hombres arrebatados y ebrios de Dios. Kosmas fue muy aplicado y pronto aprendió a leer en copto y en siríaco. Cuando se levantaba un poco el aire, Kosmas se sentaba bajo una higuera y leía las dulces palabras de la Didaché. Un cuervo llegaba volando y se posaba sobre sus hombros. Era un cuervo muy letrado, pues graznaba enfurecido así que veía una interpolación en el texto, y hacía muchos aspavientos con las alas. Kosmas no sabía qué pensar.

Así que llegó a la edad viril, Kosmas aprendió el

arte militar y fue al gimnasio. Fue diestro en la espada y en el manejo del arco y fue asimismo un excelente jinete y gran conocedor de caballos. Mientras se ejercitaba en tales menesteres, su maestro, que era un bizantino de Éfeso, cantaba a grandes voces un peán didáctico que tenía la virtud de secar el sudor así que éste salía por los poros y acomodaba la respiración al ritmo de los ejercicios. Estudió también filosofía y los comentarios al Paralipómenon de san Efrén, que era orador, místico y poeta. San Efrén, que había nacido en Nisibis de Mesopotamia, era llamado, por sus versos sublimes, «La Cítara del Espíritu Santo». Kosmas aprendió de memoria los *Carmina Nisibena,* pero también agudizó su espíritu en la ortodoxia y supo bien pronto descubrir en cualquier texto los errores de los herejes. Kosmas descubrió asimismo que en algunos lugares del Imperio todavía se practicaban, a pesar de la prohibición, numerosos cultos paganos, como el del nefasto dios Serapis, muy extendido en las provincias orientales. Decididamente, el mal seguía corrompiendo las almas de los hombres, y el diablo, de una forma u otra, procuraba entorpecer la obra de los santos. A veces el diablo se aparecía al conjuro de los Magos y salía del fondo del desierto en formas espantables. Kosmas leyó un día en Teodoreto que Juliano el Apóstata, haciendo un encantamiento para invocar a los demonios, fue tan terriblemente asustado al ver algunos espectros que obedeciendo a la voz de los Mágicos se le presentaron, que creyéndose en un gran peligro hizo prontamente sobre sí la señal de la cruz, según la costumbre de los cristianos, y por el hábito que había tomado cuando profesaba su religión. «Y la virtud de esta sagrada señal fue tan soberana, que puso en huida a los espectros y a los demonios que le estremecían, y desconcertó todo el aparato mágico.»

A los veinte años, Kosmas fue enviado a Constantinopla, junto a su tío Basilio, gran estratega del Imperio, y estudió Derecho muy provechosamente. Su tío Basilio le colocó en la Administración del Estado y fue secretario del Logoteta del Tesoro Público, hombre violento y atrabiliario, pero que amaba mucho el canto de los pájaros mecánicos. Kosmas inventó un hábil sistema de contabilidad y controló al céntimo todos los impuestos. Creó oficinas para la *capitatio,* especie de impuesto personal, y su labor fue presidida por la equidad, «sin dolo y sin fraude». En la *Vida de León I* se lee que «los pobres, antes abrumados, pudieron reanudar la vida, cultivando cada uno su campo y recogiendo el fruto de su viña, sin que nadie intentare arrebatarle el olivo y la higuera que le dejaron sus padres; todos tuvieron un reposo habitual a la sombra de los árboles que les habían dejado en la herencia». Sin embargo, Kosmas tuvo frívolos amores con cortesanas frigias, las más temibles del Imperio, y fue hombre fácil en dinero, en regalos de maravillosas flores artificiales, en perfumes afrodisíacos. Fue célebre su peña, un tanto disoluta, a la que concurrieron los primos Galvanius, parientes romanos del emperador, el «cuestor» Humberto, el «gran doméstico» Julio y el «gran drongario» Ortoneda. Más tarde se arrepintió de todo este período de su vida e hizo penitencia.

Avanzando en su carrera política, Kosmas fue nombrado Recaudador General de Contribuciones, cargo que llevaba implícitas las tareas de inspección de los tributos. Viajó intensamente por todas las provincias del Imperio y estuvo en Roma cuando la invasión de los bárbaros. Sus ojos contemplaron escenas de horror en las fronteras: pillajes, incendios, violaciones. Los bárbaros manejaban diestramente carros con grandes cuchillas en las ruedas que segaban la vida en las legiones, y llevaban cráneos humanos momificados en lo alto de sus estandartes. Remitió cartas a Constantinopla relatando las hazañas de los visigodos de Alarico, de los hunos de Atila y los ostrogodos de Teodorico, sembrando con sus relaciones el pánico en Bizancio. En las Galias se hizo amigo de una piadosa y misteriosa dama llamada Egeria que había viajado por el desierto de Nitria, en Egipto, conversando con los anacoretas en su camino a Jerusalén. Egeria había escrito un libro contando sus aventuras, que tituló *Peregrinatio ad sancta loca.*

Vuelto a Constantinopla, partió luego Kosmas hacia la tierra donde había nacido, con amplias funciones de inspección. Sus oídos se alegraron cuando su boca habló otra vez siríaco. Leyó la *His-*

toria eclesiástica de Eusebio de Cesarea y su corazón se inflamó de ardor religioso. Visitó los conventos de Qhoziba, de Mar Saba, de Kesrouan y llegó hasta los desiertos de Ouadi Natroum en busca de datos de primera mano para escribir unas *Vidas* que tenía proyectadas de san Antonio y san Pacomio, ya que no le satisfacían los textos que sobre los mismos habían escrito san Jerónimo y san Atanasio. No es seguro, pero parece ser que llegó hasta Etiopía, oscura tierra recién evangelizada. Según cuenta un extraño cronista, allí mató Kosmas un dragón de ocho cabezas que volaba por los aires y se posaba sólo en la copa de los árboles o en la cúpula de los palacios. Kosmas lo deslumbró con un espejo y le atravesó el corazón con un dardo envenenado. De regreso, a su paso por la Tebaida, escribió un poema latino, más tarde atribuido a Sollius Modestus Apollinaris Sidonius, que fue amigo de Kosmas cuando lo de Roma. Es el poema que empieza:

Abraham sanctis merito sociande patronis,
quos tibi collegas dicere non trepidem,
nam sic praecendunt, ut suox tamen ipse requare,
dat partem regni portio martyrii.

Un día, después de recaudar unas *capitatio* difícilmente cobrables en Alepo, se alejó de su escolta y se detuvo a beber un jarro de vino en un mesón de la ciudad. Allí oyó contar las hazañas del «hombre que hablaba con Dios». Este hombre era Simeón, llamado el estilita porque hacía más de treinta años que vivía encima de una columna (*estylo*) orando y meditando. Kosmas pasmóse de tanta virtud y sacrificio y determinó ver con sus propios ojos al santo. Éste tenía su columna de veinticinco metros en Quala'at Sema'an, cerca de Alepo, y era la más alta de las que había utilizado hasta entonces, pues las anteriores habían medido cinco, seis y once metros, respectivamente.

Cuando Kosmas llegó a Quala'at Sema'an, una muchedumbre rodeaba la columna del santo. Había griegos, armenios, sirios y negros africanos. Todo el mundo se hallaba postrado rezando. Kosmas se sentó en el suelo y esperó a que viniera la noche. Cuando la gente se hubo ido, Kosmas cogió una escalera y apoyándola en la columna subió hasta donde estaba san Simeón. Vio una faz estremecedora, inmóvil. La faz le habló toda la noche.

A la mañana siguiente, Kosmas hizo penitencia. Se instaló en Alepo y ordenó a su servidumbre que no le faltara nada a san Simeón. Los criados llevaron a éste dátiles, sandías y melones, frutas que hicieran pasar la sed, y las colocaron en una cestita que pendía al pie de la columna; pero san Simeón no aceptó más que tres dátiles. Kosmas comprendió en seguida lo que quería significarle el santo. Kosmas volvió a hablarle durante la noche.

Al cabo de unos días avisaron a Kosmas que san Simeón el estilita había muerto. Sus discípulos, los estilitas Antonio y Daniel, que a diferencia del maestro protegían sus columnas con toldos y barandillas, estaban consternados y, por primera vez, lloraban públicamente. Kosmas sacó seiscientos soldados de Antioquía y con ellos protegió el cuerpo de san Simeón, que la multitud quería llevarse a toda costa. De acuerdo con el *magister militum,* Ardabour lo puso a disposición del patriarca Martyrius. Más tarde, el emperador León lo hizo transportar a Constantinopla y elevó allí un santuario.

Algo debió ocurrir en el corazón de Kosmas. Muchas veces se sentaba junto a la vacía columna del santo y meditaba. Parece que vivió el resto de su vida muy santamente y renunció a su cargo. Las crónicas, por más que he indagado, no dicen ya nada más de Kosmas, ese bizantino economista y aventurero. Su memoria, como tantas otras, se ha perdido en la oscuridad de los siglos.

Carcasona, Simón de Montfort y la bella Josette

Como en una tabla gótica, sobre un fondo de oro, surgía la maravilla de los siglos, «La Cité», encumbrada sobre el manso curso del Aude. Los reflectores, entre el césped, iluminaban las viejas piedras con una luz muerta e irreal. Brillaban más los diamantes en los descotes de las damas, y sin embargo el fulgor de aquellos muros ganaba en hiriente belleza, en rutilante y misterioso silencio.

La noche era fría, y aquel verano más parecía otoño, por lo inestable y tornadizo de sus días. Se hallaban agrupados en la desembocadura de la calle y contemplaban sin decir palabra aquel fascinante espectáculo. Ya en 1835, Próspero Merimée, en plena exaltación romántica, calificaba a «la Cité», en sus *Notes de voyage dans le Midi de la France,* de joya única y sin par. Esta cita erudita la había musitado tímidamente Álvaro Fonseca, uno de los más altos y extraños caballeros del grupo. No se le hizo, desde luego, caso alguno.

Empezaron a caer algunas gotas de lluvia. Maruja Puig, que era una viuda guapa y muy elegante, corrió a refugiarse en un portal, porque sabía, aunque no lo decía, que la lluvia suele descomponer el sabio desorden de las mujeres elegantes y bellas. La siguieron, dando pequeños gritos, Amalia Linares, María Luisa Ochoa y la señora de Amat. La linda y juvenil Josette permaneció con los caballeros, los cuales apuraron sus pitillos dando una última ojeada a la iluminación arqueológica. Josette, que era francesa, sobrina de los señores de Ochoa y estudiante en la Facultad de Letras de Montpellier, lucía unos breves pantaloncitos color de cielo, que ornamentaban codiciosamente la esbelta morenez de sus piernas de diosa adolescente. Al profesor Fernando Amat le hubiera gustado tener en Barcelona alumnas de este género.

La lluvia duró sólo un momento, y desapareció dejando un leve rastro húmedo en la calzada. Las damas y los caballeros decidieron entonces ir a ver —ya que no se podía hacer otra cosa— *La dolce vita, o La douceur de vivre,* según habían leído en la cartelera regional de espectáculos de un periódico de Toulouse. Cuando llegaron ante el cine hallaron sustituido el programa por una vulgar y anodina película americana protagonizada por Robert Mitchum.

«La Cité» seguía resplandeciendo en lo alto. Sumida en la penumbra, la moderna Carcasona, prolongación de la *ville basse,* presentaba un perfil amorfo, sin gran carácter, con avenidas frías y desapacibles, y constituía en realidad una ciudad viva alimentándose a expensas de otra ciudad muerta. El siglo XIV, no obstante, había dejado un testimonio de importancia en la iglesia de Saint Vincent, con la escultura en piedra de San Luis, el gran rey. Esto era algo que el profesor sabía desde hacía muchísimo tiempo, aunque lo aprovechaba para criticar a Viollet-le-Duc.

De regreso al hotel, nuestros amigos, ante un café de la place Carnot, vieron estupefactos cómo la gente, al son de amplificadores eléctricos, bailaba sardanas. Entonces, algo extraño aconteció, algo extraño en la noche, y lívidas sombras ensangrentadas desfilaron en cortejo por el firmamento.

A la mañana siguiente, el grupo barcelonés y la linda Josette montaron en sus coches y, atravesando el Puente Viejo, penetraron en la gran ciudad medieval por la puerta Narbonesa. Había una enorme cantidad de vehículos aparcados por todas partes, preferentemente en los fosos del recinto amurallado, y los turistas de todos los confines del mundo constituían una vasta abigarrada Babel.

La noble ciudad de Carcasona, la de los albigenses, la que conquistó el furor y el hierro de Simón de Montfort, aparecía intacta y cerrada sobre sí misma, en muda interrogación sobre el pasado. Jamás el arte militar dará otra muestra de tan singular belleza, y ni siquiera la Aviñón de los Papas podrá competir en la perfección de su total unidad.

Sin embargo, entristece decirlo, la fuerza y el horror se abatieron sobre estos muros. Hay un trasfondo de tragedia en la que se recorta casi siempre la figura ensangrentada de nuestro Pedro el Católico, caído allá, en los campos de Muret. La guerra empezó en julio del año 1209, cuando después del asesinato del legado pontificio Pedro de Castellnau, el papa Inocencio III alza la voz de cruzada. Se trata de combatir a una herejía, pero al interés religioso se le une también el interés político, que encarnará Simón de Montfort. Era por aquel entonces señor de estos vastos territorios del mediodía de Francia el conde de Tolosa, Raimundo VI, cuñado del rey de Aragón. Después del saco de Béziers, las huestes de Simón de Montfort se dirigen a Carcasona, a la que ponen sitio. En vano intenta mediar Pedro el Católico. En la ciudad hay escasas fuerzas, y la flor de la nobleza del Norte acampa bajo los muros de piedra gris. Cuando, después de varias visicitudes, los cruzados entran en «La Cité», los habitantes, cubiertos solamente de una camisa y de sus bragas, son arrojados al campo, y el vizconde Raimundo Roger, gobernador de la plaza, es encerrado en una mazmorra en la que muere al año siguiente. Años más tarde morirá también, como es sabido, nuestro amado rey, derrotado en Muret.

La voz del profesor se hizo trémula. Estaba visiblemente emocionado. Los recuerdos históricos son peligrosos, y hieren como dagas en la base de todos los romanticismos políticos. Un no sé qué de austeridad, punzante y cruel, se diluía en aquella gozosa mañana de agosto.

Recorrieron los pasos de ronda a lo largo de las murallas que, dicho sea de paso, son dos, la interior y la exterior. Subieron hacia las altas torres de nombres pintorescos y transitaron por las desnudas salas del palacio condal. La piedra era gris y majestuosamente severa. Por las callejas, los turistas compraban, en las tiendecitas de *souvenirs,* postales y chucherías inservibles. Maruja había encontrado a un simpático y antiguo conocido de Sevilla, el cual, después de las presentaciones, se unió al grupo. Josette le miró, descaradamente y sin pudor, a los ojos.

Ramiro Ochoa, abrumado por la sed, se bebió una cerveza, de un solo golpe y sin pestañear. Amalia Linares, que era un poco novelista, tomó unas notas muy emotivas y candentes. Todo el mundo charlaba animadamente. Josette, que antes del desayuno se había bañado en las piscinas del hotel, iba descalza y ajustaba a su cuerpo un lindo vestido sin hechuras, confeccionado con una tela escarlata de toalla de baño. De vez en cuando recogía una punta de la falda, con una ademán del todo innecesario, pero ondulante y gracioso.

No sólo fue nuestro rey quien cayó. También fue abatido el campeón de la cruzada, sudoroso y polvoriento, luego, en el sitio de Tolosa. Cayó Simón de Montfort bajo la terrible maza de hierro. Pero la victoria era ya para Francia, y franceses serían los territorios de Languedoc y la Provenza. Un siglo de alianzas familiares, de *Trobar clus* y amor cortés, tutelado por la casa de Barcelona, se hundía, con humo de incendios, para siempre.

Cent ans li Catalans, cent ans li Provençau
Se partageron l'aigua e lo pan e la sau.

El profesor hablaba con un dejo de resentimiento. Dijo que era muy importante el libro de Ferdinand Lot *L'art militaire et les Armées du Moyen Âge,* editado en París el año 1947. Atacó también muy duramente a Viollet-le-Duc, como siempre que se terciaba, por haber restaurado «La Cité» según el gótico del Norte. Era una traición al espíritu, al genio de Occitania. Y sin embargo aquello era tan bello, ¡tan bello!

Se consolaron almorzando bajo los arcos medievales del Grand Hotel, donde les fue servida una «poularde a la Raymond VI», de perenne memoria. Álvaro provocó involuntariamente una situación forzada, pues refiriéndose a Colliure, habló del hotel de «La Bretelle», en vez de «La Balette», que hubiese sido lo correcto. Se intentó en vano recordar algún poema trovadoresco. Por casualidad, salió el sirventés famoso:

Ai, Tolosa e Proença
e la terra d'Agença

Beziers e Carcassey
quo vos vi e quo us vei!

A la caída de la tarde estaban todos algo fatigados. Sin embargo, habían jugado a la canasta y aguzado el espíritu. Alguien dijo que en los cines de Perpiñán ponían *La dolce vita.* Realmente, era un título digno del Renacimiento.

*

Ahora pienso una cosa. Un poeta amigo mío, viniendo de Carcasona, tuvo la desgracia de hacerse, con un cristal roto del tren, un tajo profundo en la mano. En la estación siguiente le pusieron unos puntos en la herida. Había perdido mucha sangre.

Mi amigo meditó mucho sobre la vieja ciudad. Me dijo que, desde entonces, le era imposible dejar de asociarla con el dolor.

Nicéforas y el grifo

No es que las cosas fueran irreconocibles, ni muchísimo menos, pero su diáfana pequeñez se cortaba en dilatados y extraños paisajes que, desde lo alto, semejaban un mundo nuevo y fascinante. El caballero Nicéforas, montado en su grifo, sentía el aire chocar contra su armadura de hierro mientras contemplaba los ríos y los valles, los castillos encaramados en escarpadas rocas, los burgos casi desiertos. Sus aventuras le habían llevado muy lejos, recorriendo de continuo con su grito el país de los búlgaros y hasta el de los magiares, y siempre retornaba indemne y con la rosa de una sonrisa de mujer prendida en el pomo de su espada. Quien dice una sonrisa, dice también un pañuelo perfumado o algo más íntimo todavía, como la camisa que le diera en prenda la dulce Esclarmonda, desencantada por Nicéforas en una alcoba real llena de espejos giratorios. En aquella ocasión, el lecho exhaló abandonadas palabras, arrebatados y suspirantes ecos.

Aunque bizantino, Nicéforas despreciaba la corte

decadente de Constantinopla y a su emperador, el *basileus*. Por eso siempre era como un extranjero en su tierra y prefería viajar en busca de lo maravilloso. No sabía exactamente quién era, salvo la nobleza de su linaje y la existencia de una misteriosa tía llamada Liscaris que, aunque griega y princesa, fue condesa de Pallars en Cataluña. Esta tía le mandaba, de vez en cuando, cariñosas misivas y regalos que le entregaba el duque catalán de Atenas. Un día, cuando niño, le mandó un libro, el *Yvain ou le chevalier au lion*, y quedó deslumbrado por su contenido. Se lo aprendió de memoria y muchas veces solía recitarlo:

Il avint, près a de set anz,
Que je, seuls come paisanz
Aloi querant avantures,
Armez de totes armeüres
Si come chevaliers doit estre,
Et trovai un chemin a destre
parmi une forest espesse.

Desde entonces Nicéforas quiso ser caballero andante y muy pronto partió en busca de aventuras. Sus lances se hicieron famosos en toda la Romania, pues combatió contra infinitos monstruos: dragones alados, serpientes enormes, gigantes descomunales, pérfidos enanos, etcétera. Visitó castillos encantados cuyas cámaras vacías estaban iluminadas por un bosque de cirios encendidos y en las que se oían cavernosas voces ininteligibles. Combatió asimismo con caballeros de mérito, volviendo siempre victorioso, y viajó por Alemania y Francia, llegando hasta Irlanda, en donde repitió la hazaña del caballero Owen visitando el Purgatorio de San Patricio. Allí grabó su nombre en la piedra, y de ello da fe Ramón de Perellós, que vio la inscripción años más tarde y lo constata en su libro.

El hallazgo del grifo representó para Nicéforas un paso decisivo para su reputación, ya que a partir de entonces se le designaba también como «El caballero del grifo». Este portentoso animal, que volaba a gran altura y hacía a Nicéforas inexpugnable, fue un regalo de un mago persa al que se le cayó su anillo en un lago, siendo Nicéforas quien se lo devolvió buceando en las aguas. El mago dejó de llorar y, entrando en una floresta, volvió con el grifo atado a una cuerda y se lo dio. El grifo dio tres vueltas alrededor de Nicéforas gritando: «Vuestro soy.»

La tía Liscaris seguía mandándole regalos desde Cataluña: un yelmo cincelado, unos guantes perfumados, el *Jaufré*. Un día recibió una carta de un amigo de su tía, un tal Ramón Muntaner, que había sido Mestre Racional en los tiempos de la Compañía catalana, interesándole, de parte del rey, aunque muy veladamente («¿qué os diré?»), el envío de la cabeza de san Jorge, que se suponía oculta en aquellos lugares. A partir de entonces menudearon los encargos reales hechos a través de Ramón Muntaner, que se reveló a Nicéforas como un tipo formidable. Más tarde le puso en contacto con dos caballeros catalanes que, en misión real, se hallaban en Grecia, llamados Tomàs Çafont y Blasco de Alama, este último poeta e inventor de la «máquina de trovar». Tanto el uno como el otro se convirtieron en dos amigos inseparables de Nicéforas.

Cuando murió Ramón Muntaner, el caballero bizantino siguió recibiendo encargos reales, más o menos nebulosos, directamente de la Cancillería. Por ello, seguramente, lo encontramos relacionado con los «documentos misteriosos» de Eleonor, duquesa de Atenas, que L. Nicolau d'Olwer estudió y publicó descifrados pocos años antes de morir. El historiador bizantino Pachymeras, contemporánedo de estos hechos, no dice nada de nuestro caballero, pero Gregoras, por el contrario, da a entender que Nicéforas se apareció con su grifo a Juana de Nápoles, que se hallaba peinándose en su tocador, y la obligó a transigir en el asunto de la duquesa. Juana, que había tenido ya tres maridos, soltó su larga cabellera sobre la espalda antes de decidirse a contestar sí o no.

Sin embargo, las cosas no iban demasiado bien para los ducados de Atenas y Neopatria, y Nicéforas, por tal motivo, viose insistentemente solicitado por la predilección real. La tarea, sin duda, era ardua, pero Nicéforas peleó con extraordinaria valentía contra toda clase de enemigos, especialmente contra los franceses, cuya caballería caracoleaba presuntuosa y fatua por los campos de Grecia. Convencido y orgulloso el poder real de la importancia y significación de la Acrópolis, mandó, como es sabido, una guardia de doce ballesteros para su protección. La orden, deliciosa e ingenua, decía así:

«Lo rey.

Tresorer: sapiats que a nos son venguts missatgers, síndichs e procurador del ducats de Athenes e de la Patria, ab poder bastant de totes les gents del dit ducat, e han nos fet sagrament e homenatge es son fets nostres vasalls. e ara lo bisbe de la Megara, qui es j. dels dits missatgers, tornassen de licencia nostra, e ha nos demenat que per guarda del castell de Cetines (Acrópolis) li volguessem fer donar x o xij. homens d armes. e nos vahents que açó es molt necessari e que no es tal cosa que no s deja fer, majorment con lo dit castell sia la pus richa joya quial mont sia, e tal que entre tots los reys de cristians envides lo porien fer semblant, havem ordonat que 'l dit bisbe se n men los dits xij. homens d'armes los quals entenem degen esser ballesters, homens de be qui sien be armats e be apparellats e que ls feta paga de iiij. meses, car abns que ls dits iiij, meses no seran passats, nos hi haurem trames lo vescomte de Rochabertí e lavores ell los provehirá. per que us manam espressament que vos procurets los dits xij, homens e que estiguen apparellats de guisa que quant lo dit bisbe será aquí, no s haja a leguiar per ells una hora. dada en Leyda sots nostre segell secret a xj, dies de setembre del any mccclxxx, rex Petrus.»

Como hemos dicho, este mandato real es de sobra conocido y se halla transcrito en el *Diplomatari de l'Orient Català* de Antonio Rubió y Lluch. Lo que no se ha sabido hasta ahora es que fue Nicéforas el capitán de dicha guardia y, por consiguiente, el responsable de la defensa de la Acrópolis. Su papel, hasta el último momento, fue brillantísimo, quedando los enemigos aterrados al contemplar, de súbito, a Nicéforas cómo salía volando de la Acrópolis con un grifo y se abalanzaba contra los despavoridos atacantes. Los famosos ballesteros, por su parte, cuidaban de aprovechar escrupulosamente la teatral aparición de Nicéforas.

Cuando se hundió la Grecia catalana, nuestro caballero desapareció por el momento. Un documento conservado en el monasterio del monte Athos refiere, sin embargo, que Nicéforas, al igual que su amigo Tomàs Çafont, casóse con una princesa del reino cristiano de Armenia. La vida apacible de palacio hizo enfermar al grifo de melancolía y aburrimiento, y dícese que se entretenía meciendo con su garra la cuna del primogénito de Nicéforas, niño rubio e irascible. Entonces, sosteniéndose en el aire, entraba por la ventana un poliedro de cristal en cuyo interior se contenía el germen misterioso e invisible de la caballería andante.

Noticia de Madame Edwarda y de un desconocido escritor

En el París de la Restauración, lleno de odios enconados y subterráneos, lucía con reflejos de oro la casa de Madame Edwarda. La casa se hallaba situada en la rue des Saints Pères, siendo su fachada blanca y su puerta amplia y silenciosa, guardada por un pajecillo negro que alumbraba la calle con un farol. Madame Edwarda tenía los ojos de color verde, y es fácil colegir que a base de sus memorias secretas, Georges Bataille montó su extraño y celebrado relato. Sea como fuere, este escritor francés nos dice de Madame Edwarda que «le déhanchement de ce long corps obscene, l'âcre odeur de femme qui jouit, humée par moi, de ce corps blanc... Madame Edwarda s'en allait devant moi... dans des nuées. L'indifference tumultueuse de la salle à son bonheur, à la gravitè mesurée de ses pas, était consecration royale et fête fleurie: La mort ellemême était de la féte, en ceci que la nudité du bordel apelle le couteau du boucher».

Esta señora fue, durante cuatro años consecutivos, la amante de un refugiado español llamado Fabián Tuño, sobre quien influyó decisivamente, desvelando ante sus ojos las simas, profundas y misteriosas, de las voluptuosidades y lascivias infernales. Fruto de estas abominaciones, fue, sin embargo, un libro, hasta hoy jamás publicado, escrito con galanura y buen decir, y que Fabián Tuño tituló *Floresta varia de gracias y desgracias,* atribuyéndolo a un desconocido Braulio de Sigüenza con la acotación de que era «Autor damnatus. Liber pericolosus erotissimusque». El libro, a pesar de este juicio, no es tan *damnatus* como parece. Otra cosa sería la opinión que, a todas luces, merecen otros libros del autor, afortunadamente en estado todavía de manuscrito, redactados en la misma época bajo los ojos verdes de Madame Edwarda. Me refiero al *De Sodomia Tractatus. In que expositur doctrina nova de Sodomia feminarium a Tribadismo distincta,* que escribió en latín imitando a Ovidio; al *Discurso contra el Tratado de Matrimonio del jesuita Sánchez* y, sobre todo, a *Les appellations controllés du livre sacrée Kama-Sutra,* obra ésta compuesta mucho antes que apareciera en 1873 la traducción inglesa de los textos hindúes, hecha a cargo del doctor Buhler, y ni que decir tiene de la traducción francesa de los mismos, que apareció en 1885, editada por Isidore Liseux. Tuño, en este libro, imitó el estilo de Nicolás Chorier, jurisconsulto libertino de principios del siglo XVII, autor de *Satyre sotadique d'Aloisa Sigea.*

De lo dicho se infiere que Fabián Tuño era un hombre de vasta cultura, y, efectivamente, lo era.

Nacido en Játiva el año 1792, en el seno de una familia de ricos comerciantes, Tuño era sobrino de los ilustres hermanos Jaime y Joaquín Lorenzo Villanueva, gloria de nuestra erudición histórica y eclesiástica, pues el uno era sacerdote y el otro padre dominico. Bajo tan santos auspicios comenzó Fabián el estudio de la ciencia de la religión, en sus fuentes verdaderas, que son la Escritura, los Santos Padres, los Concilios y la historia de la Iglesia. En Valencia estudió humanidades con el que fue maestro en este ramo, el célebre Juan Bautista Muñoz, y los progresos que había hecho en sus estudios se manifestaron en todos sus actos literarios, señaladamente en los grados de maestro en artes y de teología, que recibió de manos del señor arzobispo Juero, protector de los estudiosos, y en la fingida oposición a la magistral de Orihuela, que hizo a los diecisiete años.

Estallada la guerra de la Independencia, el jovencísimo Fabián luchó a las órdenes de Juan Martín, «el Empecinado», y recorrió España de punta a punta en misiones muy delicadas, hasta que, nombrado su tío Lorenzo diputado en las Cortes de Cádiz, le hizo éste su secretario político, pues el literario lo era Manuel Garrido. En Cádiz, Fabián se hospedó con su tío en la «Posada de la Corona», propiedad de José Camidriano, natural de Cerdeña, con mayordomo, cocinero y seis criados.

En Cádiz, Fabián Tuño trabó amistad con Bartolomé José Gallardo y con Antonio Puigblanch, el autor de *La Inquisición sin máscara,* y colaboró con artículos en *El Conciso, El Redactor General* y en *El Diario de la Tarde,* atacando en particular el famoso opúsculo titulado *Viaje de la Madre Rosa María de Jesús a ver a N. S. P. Pío VII y tratar con Su Santidad de la paz de la Iglesia y libertad de la Nación española. Lo da para la pública satisfacción.* Ello le valió una erudita estima.

Durante estos años, Fabián Tuño escribió sobre historia y también poesía, destacando en las letrillas pastoriles. Por cierto que la crítica literaria viene atribuyendo erróneamente a su tío Joaquín Lorenzo una poesía conceptista que es de Fabián, la que delicadamente empieza:

Los murruecos
por berruecos,
las machorras
con modorras;
tú con zuecos
y con porras
y las horras
con illecos.

Fabián preparó varios discursos de su tío, en particular el que pronunció en las Cortes en la sesión del 20 de enero de 1913, sobre el Tribunal de la Inquisición, muy celebrado, y que decidió el debate: «Señor, aunque yo, a pesar de la amistad con que me han honrado cinco inquisidores generales, y otros respetables ministros e individuos de la Inquisición, no tuviera evidencia de que el plan y el sistema de este tribunal es incompatible con la constitución del reyno; sólo con haber oído los discursos de algunos señores, supuesto el tal qual conocimiento que tengo, por la misericordia de Dios, así de las verdades de nuestra santa fe, como del derecho canónico, me inclinaría a creer que es cierta esta incompatibilidad, y rogaría a V. M. que a la Inquisición substituya otro medio de proteger en España la religión católica.»

Cuando vino la reacción absolutista, Fabián, como tantos otros liberales, tuvo que emigrar, primero a Francia, donde, como ya hemos relatado, conoció a Madame Edwarda, y, luego, a Londres, donde montó una fábrica de jabón perfumado, con un éxito sin precedentes. Nunca participó en las querellas que su tío tuvo con Puigblanch, refugiado asimismo en Londres, pues este último le era muy simpático, y aunque le ayudó en la composición tipográfica del libro *Opúsculos gramático-satíricos,* Fabián, a la postre, dejó de frecuentar al irascible polígrafo de Mataró, a causa de la siguiente copla contra su tío:

¡Oh, quien a mano tuviera
De Góngora la bandurria
Para cantarle sus glorias
Al Doctor de la Farfulla!

(Op. Gram. Sat., t. II, pág. 421)

Fabián Tuño murió joven, a consecuencia de un duelo que tuvo con un petimetre inglés, provocado por el flirteo con una dama. No se sabe la fecha exacta de su fallecimiento. Su cuerpo, sin flores y sin inscripción alguna que le recuerde, reposa en el cementerio de Charing Cross Road, en el West Center.

Apariciones y fantasmas

Después de todo, no era tan difícil invocar a los espíritus alrededor de una mesa. Los había por todas partes. En París mismo, por aquellos años, se aparecía regularmente y sin necesidad de invocación el fantasma de Jacques de Molay, gran maestre de los templarios, quemado vivo en 1314, el cual circulaba con suma desfachatez por la punta del «Vert Galant», la plaza Dauphine y el Pont-Neuf. El Museo de Cluny tenía también su espíritu ensangrentado, que se aparecía sólo a las señoras en la sala de los instrumentos de tortura y a plena luz del día. Eso, sin contar con los innumerables espectros nocturnos que se paseaban entre las tumbas del cementerio del «Père Lachaise» recitando en voz alta sus penas. Uno de ellos, el de una joven seducida y abandonada, dejaba por el suelo un rastro perfumado de finos pañuelos de encaje, mojados tristemente de lágrimas.

La cosa se puso emocionante cuando de Charleston llegó a París Sofía Walder, y, a raíz de la muerte del luciferino y apóstata *abbé Constant*, se puso ésta al frente de los ocultistas masónicos. La señora Walder era muy bella y figuraba como la discípula predilecta del general Albert Pike, fundador del Palladium, el rito reformado. Estaba en posesión de un genio diabólico, una mirada glacial y sabía muy bien lo que se hacía. Según Leo Taxil, ella fue quien inventó la *Marsellesa Anticlerical*, cuyos abominables y célebres primeros versos decían así:

Allons! fils de la République,
Le jour de vote est arrivé!
Contre nous de la noire clique
L'oriflamme ignoble est levé (bis)
Entendez-vous tous ces infâmes
Croasser leurs stupides chants?
Ils voudraient, encor, les brigands,
Salir nos enfants et nos femmes!

La señorita Walder obligaba al diablo a aparecer en persona. La primera vez que lo hizo resultó una cosa horrible, pero aseguró de este modo su jefatura vitalicia. El doctor Bataille, afamado ocultista, nos lo cuenta en su *Diable au XIX siècle:* «Acaeció en casa de madame X., un sábado por la tarde, día consagrado a Moloch. La guapa Sofía Walder no había prevenido a nadie de sus propósitos, y empezó a pronunciar siete veces el nombre del Anti-Cristo, que es Apollonius Zabah. Recitó en seguida la invocación a Moloch, excusándose humildemente por llamarlo sin los accesorios habituales y rogándole que se apareciera a la concurrencia sin hacer víctima alguna. De pronto, la mesa que servía para los ejercicios espiritistas hizo un salto hacia el techo y, al caer, se metamorfoseó en un repugnante cocodrilo con alas de murciélago. El pánico fue general, y todo el mundo quedó como petrificado, clavado en su sitio. Pero la sorpresa llegó al colmo cuando el cocodrilo se dirigió a un piano vertical que había en la habitación, lo abrió y, sentándose en el taburete, comenzó a tocar una discordante melodía mientras dirigía a madame X., la dueña de la casa, unas expresivas y apasionadas miradas que la dejaron turbada en su pudor y aterrada en sus sentimientos. Al cabo, el cocodrilo alado desapareció bruscamente, dejando —cosa extraña— vacías todas las botellas de licor que había en el bufete.»

Este éxito de la señorita Walder la prestigió enormemente. Sin embargo, pronto llegaron noticias de las logias de Filadelfia acerca de otra señorita superdotada en las artes maléficas. Se llamaba Diana Vaughan y también era muy bella, aunque de una belleza aparentemente angelical. Diana, un día, hizo una instancia a la logia de París y, pretextando un desplazamiento forzoso, rogaba que la admitieran en su seno. Sofía presintió entonces algo malo en eso e influyó en el secretario de la logia, un tal Bordone, para que se presentara una moción en contra. Se hallaban reunidos en Junta Directiva y, súbitamente, se oyó un horrible grito de dolor. En aquel preciso instante, al malvado Bordone la cabeza le hizo un completo giro sobre los hombros y le quedó mirando para atrás. Fueron inútiles todos los esfuerzos que se hicieron para devolver la cabeza a su sitio y, por fin, Sofía evocó a un *maleach* que les dijo que el causante del hecho era Asmodeo, protector de Diana Vaughan, y que sólo ésta, si recibía las excusas suficientes, podía poner término a tal fastidiosa situación.

El triángulo «Saint-Jacques», que éste era el nombre de la logia parisiense, telegrafió *ipso facto* a Filadelfia las más halagadoras lisonjas y cumplimentos. En vista de ello, Diana anunció su inmediato viaje a París, y Bordone quedó esperándola impacientemente durante los veinte días que se empleaban para la travesía del Atlántico. El desgraciado perdió el apetito y adelgazó, no salía de casa, se cubría la cabeza con enormes bufandas y a quien quería verle se le decía que había salido de viaje. Cuando por fin llegó Diana, Bordone se arrojó a sus pies implorando el perdón. Diana, que a pesar de todo tenía buenos sentimientos, se lo concedió y, tomando la cabeza entre sus manos, la devolvió suavemente a su posición natural.

Desde estos singulares acontecimientos, palideció la estrella de Sofía Walder. Los celos le devoraron el corazón. Diana ganaba terreno constantemente a costa de Sofía, su enemiga mortal, y la suplantaba en todo. En una ocasión, Sofía Walder invocó el espíritu de Ramón Sibiude, que contestó en latín, dejando unas cuartillas escritas. En ellas se leía: «Omnes qui eidem Adamo participavimus atque a serpente in fraudem inducti sumus, per peccatum mortui, ac per coelestem Adamo (um) saluti restituti atque ad vitae lignum..., etc.» En este texto se usaba por dos veces la palabra «Adamo» cuando, en realidad, la segunda vez debía ponerse «Adamum». ¿Podía admitirse una falta de latín en Sibiude? Era claro que no, afirmaba en triunfo Diana. Esto hundió a Sofía Walder irremediablemente.

Diana resplandeció en poder y belleza y su reinado duró muchos años. Al fin, se convirtió al catolicismo, retractó de sus errores y, antes de morir, publicó unas Memorias desenmascarando a las logias masónicas. Tales Memorias se agotaron en seguida, pero incomprensiblemente, y a pesar del tiempo transcurrido, jamás han vuelto a ser editadas.

Nadie supo el destino de Sofía Walder y su imagen se hundió en las más profundas tinieblas. Años más tarde, se dijo que unos magos de Lisboa le habían cortado las manos y que éstas respondían moviéndose a quien las interrogaba. Muchos se pusieron a buscar estas mágicas manos, y las hubieran pagado a peso de oro, pero nadie las encontró a buen seguro. Como dicen los franceses, ésta es una historia para dormir de pie. Sin embargo, conozco a aficionados, de piel lívida y fría, que todavía las buscan en las tiendas de los taxidermistas y de los anticuarios y traperos, en los museos e, incluso, en los suburbios y descampados de las grandes ciudades, allí donde los muchachos juegan al fútbol junto a los altos edificios en construcción, entre los cascotes de los derribos y la escoria, porque todo es posible hallar en esos lugares: las manos de Sofía Walder, la flor estrujada y gris de la miseria o la palabra maravillosa que habrá de hacer saltar al mundo en mil pedazos.

Las aventuras de Kosmas

Mucho antes de enamorarse de la dama española Egeria y de que ésta desapareciera misteriosamente en las páginas de un códice propiedad de san Braulio de Zaragoza, el caballero bizantino Kosmas viajó mucho por España, deleitándose ante los grandes paisajes y meditando al pie de los hondos precipicios mientras su capa era agitada arrolladoramente por el viento. Viajaba casi siempre de incógnito, durante el tiempo que le dejaba libre su cargo de recaudador de Impuestos del Imperio, así como el despacho de su oficina en Cartagena. Kosmas, que era un hombre de una vasta cultura, construía en un pequeño taller de su palacio, todas las tardes de los domingos, unos maravillosos autómatas que tocaban la cítara y soplaban la tuba, llegando a reunir una verdadera orquesta, de la cual estaba prendado el gobernador bizantino Nicéforo, que organizaba con ella, en préstamo, desfiles por las calles. En la puerta de su alcoba, Kosmas había dispuesto una piadosa cigüeña mecánica que cada media hora repetía el Kyrie Eleison. Era la más querida de las creaciones surgidas de sus manos.

El caballero Kosmas era un erudito de la literatura cristiana, y un sagaz rastreador de las desviaciones heréticas. Le bastaba leer la primera línea de un tratado o de una homilía para saber si era herética o no, de tal forma que los arrianos le temían como si fuera el mismo diablo. Se carteó muchísimo con san Leandro y con san Isidoro de Sevilla, del cual posteriormente fue secretario, proporcionando a este último mucha información recogida en sus múltiples viajes. Así, por ejemplo, le describió el *pilentum* y el *petorritum,* que eran vehículos cubiertos y de cuatro ruedas que usaban antiguamente las matronas romanas. El primero lo cita el poeta latino Virgilio, cuando dice (*Eneida,* 8, 666):

Pilentis matres in mollibus.

(Las matronas, sentadas en los blandos pilentos); el segundo era citado por Horacio, que dice (1, Sat. 6, 104):

Plures calones, atque caballi
Pasoiendi, ducenda petorrita.

(Han de alimentar muchos esclavos y muchos caballos para conducir los coches.)

Antiguamente los pilentos eran todos de color verde, y no eran como los de entonces encarnados, y sólo podían ser utilizados por las honradas matronas. También le informó sobre el alción, que es ave del mar, llamada así como si dijera *ales aceanea,* porque en invierno hace su nido en las aguas del océano y allí saca sus pollos. «Se dice —añadía Kosmas— que, cuando está sacando sus polluelos, el mar se calma y los vientos callan por espacio de siete días, como obsequio de la naturaleza a esta ave y a sus hijos.» Asimismo le habló a san Isidoro de las grullas, esta vez lo hizo en el célebre verso que empieza «Italice Samius...», y que fray Roque de san Pedro Mártir, especialista en los estudios sobre el bizantino Kosmas, tradujo en castellano romance del siglo XVII de esta manera:

Samio, famoso Autor italiano
En verso breve encierra su decreto,
Dándonos por consejo, que ante mano
De poner los negocios en efecto,
Los consultemos bien; y es caso llano
Lo tomó de las Grullas, que en secreto
Las piedras toman en lugar de lastre
Para pasar las aguas sin desastre.

Nuestro caballero asistió al II Concilio de Toledo en calidad de observador de la Administración de Bizancio. El rey herético Amalarico concedió a regañadientes un salvoconducto especial para Kosmas, y las autoridades visigodas se quedaron viendo visiones cuando Kosmas llegó a Toledo precedido por su famosa fanfarria de autómatas. Inmediatamente, Kosmas comunicó a Constantinopla diciendo que había llegado sin novedad y sin vejamen alguno. Le recibió el obispo de Egara (Tarrasa) Nebridio, que firmó las actas con la más escrupulosa autenticidad: «Nebridius in Christi nomine Episcopus ecclesiae Catholicae Egarensis, hanc constitutionem consacerdotum meorum in Toledana urbi habitam cum post aliquantum temporis adveniseem, salva auctoritate priscorum canonum relegi, probari, et subscripsi.»

Con Nebridio tuvo Kosmas amistosas controversias acerca de la excelencia del Derecho Justinianeo comparado con el germánico, llegando el bizantino a las más altas regiones del espíritu al disertar, anticipándose a los glosadores, sobre la significación técnica de la *traditio*. Nebridio le presentó a un joven monje llamado Juan de Bíclaro, también conocido por el «Biclarense», el cual, años más tarde, se convertiría en catalán de adopción, al ser nombrado obispo de Gerona. Bíclaro, que a la sazón tomaba apuntes para una futura *Historia de los Godos,* intimó mucho con Kosmas, de quien admiraba la sabiduría. Todas las tardes, después de comer, paseaban juntos por la calzada romana en eruditas conversaciones, que muchas otras veces degeneraban en verdaderas y amistosas polémicas.

Nunca dejaron de relacionarse epistolarmente Kosmas y Bíclaro, y así, cuando este último ocupó la silla episcopal, invitó al primero a Gerona. Viajero por naturaleza, Kosmas aceptó de buen grado y emprendió el fatigoso camino, maravillándose a cada paso por las bellezas de Cataluña. En Gerona abrazó a Bíclaro, regalándole un autómata que recitaba el Evangelio en las diversas lenguas del Imperio. A los dos amigos, cuando se encontraron reunidos nuevamente, les latía con alborozo el corazón. Sus ansias culturales encontraban rienda suelta al poder intercomunicar sus sentimientos.

Kosmas recorrió el país de un lado para otro y, por fin, decidió alquilar una villa en Blanes, que entonces se llamaba Blanda. Quedó deslumbrado sobre todo por el paisaje costeño y por los fabulosos bosques de pinos que llegaban hasta el mar. Conoció al dedillo lo que hoy llamamos Costa Brava y escribió un itinerario muy pormenorizado, verdadero inventario, que tituló *Peregrinatio*. Aquello era como la primera guía de nuestro país, de las tierras que después constituirían la llamada Marca Hispánica.

Un día, en Blanda, por pura casualidad y sin ánimo de indiscreción, vio cómo se bañaba en la playa Egeria, dama visigoda de ascendencia hispanorromana, famosa por su extraordinaria belleza. Las proporciones físicas en Egeria eran clásicas y podemos decir ahora que constituyen el precedente histórico más remoto de «Teresa, la Bien Plantada», porque de un modo u otro el pensador catalán Xénius debió conocer la vida y aventuras del caballero bizantino.

Kosmas quedó mudo de admiración. Los pájaros cantaban ocultos en la copa de los pinos. Pero Kosmas no oía nada. En realidad, estaba perdidamente enamorado de Egeria, la dama de misterioso destino. Sin embargo, esto es ya otra historia que un día u otro, con un poco de suerte, contaré a mis queridos lectores.

La bella dama Egeria

En una de sus múltiples navegaciones y viajes, el caballero bizantino Kosmas tuvo una aventura amorosa en España. La cosa terminó mal, porque la dama, llamada Egeria, desapareció misteriosamente rezando la «Didaché» en compañía de una cigüeña mecánica, verde y amarilla, que tenía siempre a sus pies. Luego, al cabo de muchos años, Egeria fue hallada por san Braulio en las páginas de un códice miniado de un convento de Zaragoza. Egeria bordaba en aquel momento unas primorosas rosas azules en un bastidor, mientras la cigüeña repetía incansablemente: «Kyrie Eleison.»

Kosmas, ante la desaparición de su amada, se retiró sollozando al desierto y, encaramado en lo alto de una columna, mantuvo eruditas disertaciones con san Simeón el Estilita, que estaba a dos pasos de allí, en el capitel de otra columna, y el cual, entre otras cosas, le comunicó el origen de los *panatios,* hombres que existían en Escitia, siendo sus orejas tan grandes que les cubren todo el cuerpo.

Su nombre viene del griego *pán,* que significa todo, y *óta,* que significa orejas. También le comunicó el santo la existencia de los *sciopodos,* que se dice que estaban en Etiopía, la futura tierra del preste Juan, y eran admirables por sus piernas y la celeridad de sus carreras; los griegos les daban el nombre de *skiópodos,* porque en verano, acostados sobre la tierra en posición supina, se dan sombra con la planta de los pies, cuya excesiva longitud causa asombro.

Kosmas estaba encantado con la vecindad de san Simeón, con quien intercambiaba cestillos de dátiles y cuencos de agua de lluvia. Considerando que había hecho ya suficiente penitencia, Kosmas, sin embargo, abandonó su columna, no sin antes haber maravillado a san Simeón con un discurso brillantísimo, el de «Materia facta est de nihilo». Durante los dos años que estuvo en su columna, Kosmas escribió la vida de los mártires san Luciano y san Marciano, obra de la que únicamente nos queda el siguiente fragmento, traducido al castellano por fray Roque de san Pedro Mártir. Dice así:

«Yo quiero, hermanos míos, para vuestra edificación, contaros la historia del martirio de San Luciano y de San Marciano. Eran éstos paganos, y tan adictos al demonio, que no tenían mayor pasión, ni más gusto, que seducir almas, para atraerlas a su sacrílego culto. Servíanse para esto de aquella ciencia tenebrosa que los demonios han enseñado a los hombres; porque eran mágicos de profesión, y por la fuerza de sus encantos, y la virtud de sus filtros, de sus anillos constelados, y de sus figuras talismánicas, hacían conseguir a los unos el fin de sus amores, y facilitaban a otros los medios de satisfacer sus odios. Y así, cualquiera que quería, o hacerse temer, o hacerse amar, no tenía más que acudir a ellos. Pero Dios, que se complace en que veamos brillar su gracia entre la oscuridad de los mayores delitos, y que gusta de dar a conocer su nombre a los que parecen estar los más distantes, y que son, en efecto, los más indignos de este divino favor: Dios, digo, obró en un instante la conversión de estos dos famosos encantadores del modo que voy a referir.»

Desgraciadamente, nos hemos quedado sin saber cómo seguía la emotiva narración. Lo que sí sabemos es que Kosmas volvió a España y, desembarcando en Cartagena, tuvo una entrevista con el famoso estratega Belisario, que a la sazón se hallaba allí comisionado por el emperador. Kosmas contó la historia de sus amores con Egeria mientras almorzaban en la terraza del palacio y los pájaros de la primavera cantaban dulcemente en el cielo. Belisario, después de acariciarse su rizada barba y eruptar por tres veces seguidas, dijo en latín:

—*Prandeamus tamquan ad inferos cenaturi.*

Tras lo cual dictó a un secretario un salvoconducto para que los visigodos del reino dejasen indagar a Kosmas el paradero de su amada.

Viajó Kosmas inútilmente por toda la península, llegando hasta Galicia, recién conquistada. Nada supo de Egeria. Al fin, derrotado y cansado, se trasladó a Sevilla, visitando a san Isidoro, que estaba trabajando en sus Etimologías. Kosmas le proporcionó mucha información, especialmente siríaca, y san Isidoro le nombró su secretario.

A las órdenes del santo, Kosmas montó y organizó archivos y redactó papeletas y fichas sin cuento, escribiendo en una primorosa caligrafía que tenía la virtud de resultar invisible a los eruditos plagiarios. Utilizando dicha caligrafía estableció unas bases, de gran sentido político y teológico, para uso de los concilios de Toledo, lo que le valió una gran disputa con un demonio llamado Arnulfo, que se le aparecía todas las tardes a la hora de la siesta. Arnulfo decíase autor de un tratado titulado *De las Pelucas,* pero fue derrotado por Kosmas en un discurso sobre las virtudes teologales. Arnulfo desapareció rabiando, dejando un rastro de ceniza y humo.

El caballero bizantino vivió muchísimos años y —cosa extraordinaria— no envejeció jamás. Un día se sintió enfermo de muerte y rezó al Señor. Cuando se acostaba en el lecho, llegó un correo de Zaragoza con un libro. Kosmas ordenó que lo abrieran. Bordando en un bastidor, apareció Egeria sonriéndole con lágrimas en los ojos mientras una cigüeña a sus pies decía: «Kyrie Eleison.»

Kosmas besó el libro y, luego quedamente y en silencio, expiró.

Definiciones de don Faustino

Prosiguiendo nuestras investigaciones sobre don Faustino de la Peña, el misterioso y hasta ahora anónimo autor del *Tratado de Carnes* de quien dimos escueta noticia recientemente, hemos llegado a la conclusión lógica de que su dominio en esta materia era perfecto y no ha sido superado hasta el momento y posiblemente no lo será jamás. Delicado en el decir, asombra, no obstante, la fuerza de sus aseveraciones y juicios, lo exacto de sus comprobaciones y repulsas, la utilidad de sus distingos en lo provechoso de los jugos cárnicos, así como la denuncia sistemática de lo acrimonioso en ellos.

En estos días estivales, en que tan frecuente es en las malas fondas dar gato por liebre, nos complacemos en brindar al lector algunos fragmentos que hemos sacado a la luz. Lo hacemos especialmente para uso y aviso de turistas dispuestos a recorrer países exóticos, para que no caigan en la tentación de comer carne acanallada y viciosa, la cual, según afirmaba don Faustino, tiene la virtud de disgustar a madre Naturaleza.

A continuación damos la reseña que este preclaro autor da del búfalo, la jirafa, el camello bractiano, el dromedario, el jabalí y el ciervo, especificando la calidad de sus jugos, pues éstos es sabido que pueden ser irritantes, inflamatorios, mucilaginosos, etc. Damos al final el apropiado y común condimento de estas carnes.

Búfalo

Animal sucio y de figura grosera, parecido al buey doméstico, pero más cortejano, brutal y estúpido; su clima propio es el África, aunque también se crían en la Tartaria, Turquía, Berbería, Filipinas, cabo de Buena Esperanza, Francia, Italia y alguno en España. Su carne es inferior a la del buey, y acrimoniosa; pero la de los terneros de leche es muy buena. Su piel curtida, de la que se hacen coletos, se dice que resiste al filo del acero.

Camello pardal o jirafa

Éste toma el nombre de camello pardal del griego, por su pescuezo largo como el del camello, y de su piel manchada y atigrada como la del pardal. Comúnmente se le conoce por jirafa de la Arabia, «pardalin» y «lamen» del latín; tiene crin, su cabeza se parece a la del ciervo con dos pequeños cuernos pelosos, y por su natural estructura anda a brincos. Críase en Indias, África y Egipto. Su carne es muy buena y sana; pero es animal inútil para servicio alguno por lo caído que es de los cuartos traseros, y esta cualidad de no trabajar nunca y su genio dócil recomienda su carne por de buenos jugos.

Camello bactriano

Esta especie es muy conocida por su cuello largo y gran corcova, la cual se compone, como en todas las demás especies que la tiene, de una sustancia grasa y carnosa. Es, entre los animales domésticos, el más antiguo que conoce el sello de la esclavitud, aguantando el hambre y la sed ocho días. Se cría en Egipto. Su carne vieja y trabajada presta groseros jugos para alimento. La leche de las hembras es muy salitrosa, pero aguada es buena.

Dromedario

Especie de camello más pequeño y peludo. Tiene dos corcovas, pero es más ligero que el bactriano y aguanta igualmente el hambre y la sed. Su carne tiene pesados jugos y de difícil digestión.

Jabalí

Aunque el jabalí tiene mucha semejanza con el cerdo doméstico, no obstante, se distingue de éste en tener la cabeza más larga, el hocico más picón, los colmillos mayores y más someros, la cerda más fuerte y su hozar en línea recta, cuando el cerdo hace esto de derecha a izquierda. Las inclinaciones del jabalí no son tan asquerosas ni brutales como las del cerdo, por cuya causa la hembra no pare más que una vez al año. Sin embargo, el jabalí, aunque carnívoro, es animal feroz, lo que, junto con su vida salvaje, hace que su carne sea de viciosos jugos, y mucho más si es viejo, pues siendo joven con el arte se puede hacer llevadera.

Al punto que se coja al jabalí se le cortarán los testículos y la vejiga de la orina, y se le degollará: hecho esto se le sacará el vientre y lavará la cavidad interior y la asadura con agua fresca, en seguida se le enjugará y cubrirá con un paño blanco, con cuya operación se evita que la carne adquiera viciosos jugos, los cuales, sin la referida precaución, se comunican después a toda la mole en general.

Venado o ciervo

La voz «venado» deriva del latín «venator», que quiere decir cazador. El venado es una especie bastante conocida, anda siempre errante, sin asociarse con los suyos; ésta podrá haber sido la causa, en ocasiones, de haberse cruzado con la especie cabría, resultando otras segundas especies, y de éstas en sí mismas tan gran número de cervales mixtas.

La brama de esta especie es en el otoño, en cuya época su berrear es espantoso, siendo su voz natural (no estando en brama) temblona como la de la cabra, con cuya especie tanto la hembra como el macho suelen amorearse: en dicha época su carne contrae viciosos jugos y mal olor, adquirido por el calor libidinoso. Esta especie está gorda en primavera; su carne no es mala, a no ser tan vieja que pase de los ocho años hasta los ciento que puede vivir. En el invierno está flaca, tanto por la estación fría cuanto por haber quedado extenuada de la brama.

Propio condimento

El condimento más adecuado para todas estas especies es, como para toda carne brava y salvaje, el estofado, por lo que tiene de antipútrido, y por su virtud de macerar las carnes, y por eso es también el más propio para la carne de toro, liebre, perdiz, palomas salvajes y demás especies de este rango, aunque se mantengan de grano o frutas.

El enamorado de Katie King

El *blue-jay,* pájaro que tiene el vuelo azul, gritó durante toda la mañana emboscado en los matorrales del desierto, corriendo como un loco de uno a otro pedrusco, agazapándose con temor y sin motivo alguno, hasta que felizmente nació Charlie. Abrió éste los ojos a la luz en un miserable rancho y berreó en brazos de su padre, el valiente Tom Sanders, quien, antes de cogerlo, escupió cuidadosamente el tabaco que estaba mascando y se limpió los labios con el dorso de la mano. En la cocina hervían, humeantes, unas habichuelas con oreja de cerdo y en el corral escarbaban, como siempre, las gallinas. La señora Sanders, desde la cama, dijo a su marido que le dejara el niño en su cuna y fuera a buscar un balde de agua en la charca.

El padre de Charlie murió peleando contra los indios en 1820 y su esposa tres años más tarde de fiebre tifoidea. Charlie, por consiguiente, quedó huérfano y, a los seis años de edad, fue confiado a la tutela de una tía suya que vivía en Boston. Ésta le contó con mucho orgullo que su padre había sido un hombre de gran resistencia física y que, en cierta ocasión, en una feria, compró a un charlatán una botella de líquido crece-pelo, pensando que era aguardiente, y se la bebió de un trago. Estuvo varios días entre la vida y la muerte, pero al fin triunfó su vigorosa naturaleza y sobrevivió. Quedó, sin embargo, algo reblandecido del cerebro.

Charlie tuvo una infancia triste y desastrada. Cuando salió de la escuela, trabajó sucesivamente de lampista, droguero, ayudante de un dentista, repartidor de sobres y empleado de oficina. En 1842 hizo amistad con un pintor que había ganado una medalla de oro por un «Hércules moribundo», llamado Samuel F. B. Morse, pero que ahora proclamaba que había inventado el telégrafo. Charlie quedó maravillado. Todo se le volvían mensajes rapidísimos, y los veía volar fantásticamente a través de los Estados de la Unión. Se aplicó tanto en el telégrafo que Morse le nombró su ayudante, progresando mucho en el ramo de las telecomunicaciones. Cuando la Western Union y la American Telegraph explotaron el invento de Morse, Charlie fue nombrado, por sus extraordinarios conocimientos, director de esta última, inventando la bomba telegráfica y el telegrama sin fin. Huelga decir que Charlie, súbitamente, trocóse en un hombre rico.

Un día, en su despacho, le ocurrió a Charlie una cosa verdaderamente extraña. Estando sumido en una profunda meditación sobre temas telegráficos, vislumbró, de pronto, cómo se alzaba del suelo una mesita que había en un rincón, volaba por el aire a velocidades intermitentes y aterrizaba finalmente con suma elegancia junto a la puerta. Luego observó que, en el lugar que siempre había ocupado la mesita, aparecía una maceta con un lirio dorado y un fresal con fresas maduras. Charlie restregó los ojos sin creer lo que veía. Probó una fresa y le pareció muy buena y que olía muy bien. El extraordinario acontecimiento lo puso enfermo y tuvo que guardar cama una temporada.

Los hechos se repitieron cuando se reintegró al trabajo. Esto cambió el destino de su vida, pues así que se encerraba en su despacho se olvidaba del telégrafo y aguardaba anhelosamente lo que iba a suceder. Tornóse melancólico. Las cosas se complicaron, y empezaron a aparecer objetos desconcertantes, tales como trompetas del modelo que usaba la caballería, almohadones bordados y adornados con cintas, sangrantes hachas de guerra de los *sioux,* dentaduras rotas y repugnantes, etc. En una ocasión, escribió al gran espiritista Allan Kardec preguntándole si los espíritus que suscitan enredos ¿obran a consecuencia de animosidad personal o bien se fijan en el que se les antoja sin motivo determinado y sólo por malicia? La respuesta fue: «Lo uno y lo otro. A veces son enemigos que os habéis creado en esta u otras vidas y que os persiguen, y en otras ocasiones no existe ningún motivo.»

En plena turbación de su mente, Charlie fue

presentado, al cabo de unos meses que esto sucediera, al químico William Crookes, recién llegado de Londres. Le presentó Julia Ward Howe, feminista y famosa autora de *The Battle Hymn of the Republic*. Crookes, a través de la médium Florence Cook, lograba la materialización de un espíritu femenino distinguido, llamado Katie King. La señorita King se aparecía envuelta en velos blancos, transparentes y perfumados, y era muy lánguida y bella. Charlie, al verla, se enamoró perdidamente. Cesó de preocuparse por las materializaciones que le perseguían y asistía a las sesiones de Crookes con el corazón palpitante y con un hermoso ramo de rosas rojas que ofrecía, emocionada e invariablemente, a la señorita King. Pero ésta, de pronto y sin avisar, no volvió a aparecerse.

Se dieron varias versiones del asunto. Fueron desenmascarados muchos médiums falsarios por aquel tiempo, y se dijo que, en las materializaciones, éstos expelían el ectoplasma, que llevaban hábilmente escondido en la boca, soplando en la oscuridad con cuidado, y lo recogían oprobiosamente, al terminar la sesión, en salva sea la parte. Este detalle provocó un derrumbamiento moral en Charlie y tuvo que ser internado en un sanatorio del Estado.

La American Telegraph pagó a los mejores médicos, que ensayaron procedimientos enérgicos y revolucionarios. Charlie, sin embargo, seguía empeorando. Una mañana de abril, los enfermos sorprendieron a Charlie recitando íntegramente los comentarios o *apparatus* al texto de las Pandectas del glosador Irnerio. No teniendo formación jurídica adecuada ni sabiendo el latín de la Edad Media, esto era cosa verdaderamente anormal. Sólo entonces los médicos, después de mucha reflexión, certificaron su locura.

El diario de guerra de Xaconín

Se levantó impensadamente del suelo un puñado de polvo y, luego, otro y otro, mientras los silbidos rasgaban los aires que iban perfumados de tomillo, y con algo todavía del frescor de la mañana. Se arrojó de bruces contra unos zarzales, arrastrando tras sí su fusil y su pesada mochila. Entonces, Xaconín, el bisoño voluntario realista del barón de Eroles, decidió, a pesar de una hormiga paseándosele, molesta y atolondradamente, por la nariz, escribir un diario de guerra, un diario que contara las cosas que estaban a punto de sucederle en aquella maldita contienda. Ahora, al cabo de siglo y medio, este diario, efectivamente escrito, ha sido hallado en Albinyana, escondido bajo una teja de la casa natal de Xaconín, medio comido por las ratas. Mi amigo *mossèn* Concordi, párroco del pueblo, estudiante que fue, en Roma, del más bello e ilustre latín del mundo, me lo trajo alborozado, como si se tratara de un fragmento inédito de Virgilio. Bailándole la mirada tras los cristales de las gafas, el docto y juvenil entusiasmo de *mossèn* Concordi se derretería de ternura por la figura de Xaconín.

—Le traigo a usted algo excepcionalmente interesante. Lo he leído toda la noche, y hay aquí un poco de todo, pues encontrará usted epopeya, lirismo, crueldad, hipocresía e, incluso, interés lingüístico. Lo que cautiva, sin embargo, es la densidad humana de Xaconín y el constatar tristemente que todo se repite.

Preparé unos whyskys con hielo y, seguidamente, encendimos unos cigarrillos. Tomé el manuscrito entre mis manos y lo hojeé con mucho cuidado, pues su estado es muy defectuoso. En la primera página hay un dibujo, de trazo casi infantil pero extrañamente expresivo, que representa un misterioso personaje situado entre dos árboles, de los que penden unas cabezas humanas. Encima del dibujo, con cierta dificultad, puede leerse: «Llibreta de Joseph Nin, dit Xaconín, de Albinyana, soldat de Granaderos. Feta el dia 25 de juliol de 1823.» Luego hay una apostilla que reza: «Cas de la perdre, fareu lo favor de tornarli, si us plau, pagant.»

*

Como le aconteció a *mossèn* Concodi, me he leído el manuscrito de un tirón. En realidad, no es un diario en el sentido literal de la palabra, sino la relación pormenorizada de los sucesos que vivió Xaconín en la guerra que mantenía la Regencia de Urgel contra el Gobierno Constitucional hasta la entrada en España de «Los cien mil hijos de San Luis». El manuscrito, encuadernado en pergamino, se divide en tres partes. La primera, muy precisa y esquemática, es la que puede ser considerada como un diario, pues contiene, día por día, lo que hizo los restos del ejército de la fe después de salir de Seo de Urgel e internarse en Francia por Andorra. Las autoridades francesas trataron muy bien a estos refugiados, cuyo periplo culminó en Albi, para descender luego a Salses y Perpiñán, donde fueron armados nuevamente al objeto de luchar otra vez en Cataluña. La segunda parte, que debería ser en realidad la primera, nos narra cómo Xaconín salió de Albinyana, en la provincia de Tarragona, para unirse, voluntario, a las fuerzas realistas que operaban muy cerca, así como las batallas en que intervino, para terminar con el sitio y abandono de la Seo de Urgel. La tercera parte está constituida por la transcripción de coplas, originales de Xaconín o no, que cantaba el inflamado ejército de los «serviles».

Aparte del interés histórico que contiene este diario o memoria, es la gran humanidad y el realismo de las mismas lo que conmueve a quien las leyere. El estilo de Xaconín es ingenuo y directo, lleno de faltas y repeticiones y, a veces, ininteligible. Pero hay cosas que nos hacen estremecer, como al contarnos una retirada con nieve hasta la cintura *(la trinxa de les calces),* cuando el enemigo los descubre porque *se posa a plorà una criatura,* empezando en seguida las terribles descargas cerradas de la fusilería. Otras veces nos relata las marchas agobiantes, el hambre saciado a medias con los *tronxos de col, los favons y el sègol,* el desesperado terror de un ataque a la bayoneta y los saqueos e incendios de los pueblos y villas. También con una gran conmiseración por sí mismo y sus compañeros de armas, nos dice la invasión obstinada de los piojos, plaga terrible de los ejércitos, puntualizando que «nos corrien per tot sobre de nosaltres y las esquemas dels homens semblavan les dels deixuplinats amb les crostes que hi teníem». Al evacuar Seo de Urgel, que fue el 3 de febrero de 1823, se vieron obligados a dejar, ante los ataques del general Mina, los heridos en el hospital. Esto ocurría a las dos de la madrugada y «el llanto que movien los dits malalts era capaç de fer plorar a un cor de bronzo al pensar que a la una ere vius y tal vegada a las sis de matinada ja serian morts. Era un còdol per tothom que se haguessen de quedar allí sense saber lo que farian de ells al entrar los malacianos».

Como poeta, Xaconín, aunque prolífero, es bastante pedestre. Admirador del barón de Eroles, le dedica unas *Coplas tretas en honor del Baró, de las suas tropas y de la Religió.* Una de sus estrofas dice:

De don Joaquim Ybaña
cantaré la alabansa
perque es amich de Déu,
amich de Déu y dels Angels,

amparo de la España
y de la Religió.
Visca la Iglesia Santa
y las tropas del Baró.

No hay gente que escriba diarios, y menos en una guerra. Sólo por eso ya nos resulta simpático Xaconín, de quien lo ignoramos todo, excepto lo que nos cuenta en el diario recién descubierto. ¿Cómo debía ser Xaconín?

La guerra terminó con el triunfo de los absolutistas. En uno de los libros parroquiales de Albinyana consta que el día 15 de diciembre de 1823, habiéndose concluido la guerra, se celebró un solemne funeral por los que habían muerto en defensa de la Religión y del Rey. Nada se dice de los vencidos.

Como es sabido, la represión fue dura. Sin embargo, todo vuelve otra vez, y al cabo de diez años, volvieron los liberales. Por ello, nuestro simpático Xaconín no debió sentirse demasiado seguro. Lo cierto es que el diario que relata lo más importante de su vida (en caso de perderlo *fareu lo favor de tornarli, si us plau, pagant)* ha sido hallado ahora, al cabo de siglo y medio, maltrecho por el tiempo, pero cuidadosamente escondido bajo una teja.

Madame d'Isbay en el Pirineo

Lo contó Sánchez Mazas en un largo poema, publicado en las páginas literarias de un diario, pero jamás recogido en libro alguno, según era su costumbre. Estas *Estancias del Monte Pirineo,* escritas al iniciarse el verano de 1919, descienden en compañía de un viento helado y juguetón, desde los altos ventisqueros de las montañas azules al sol tibio y dorado de la tarde, en el valle. Se despereza ese viento sacudiendo las finas agujas de los abetos, sacando un leve polvo de agua de una fuente que hay más abajo, junto a un silencioso caserío, para acabar despeinando amistosamente a esos dos alegres muchachos que van de camino hacia Lés. Los dos están en la flor de la edad, y su amistad les viene del tiempo, no muy lejano, en que estudiaban juntos en el Colegio de los Padres Agustinos del Escorial, con el grito de los vencejos parado en el marco de la ventana. Uno de ellos, Eduardo, había nacido en Cataluña, sentía una profunda y decidida vocación por el Derecho y conocía estos parajes a la perfección, pues sus raíces familiares se hallaban aquí, con amistades y parientes que iban desde Lérida al Garona. El otro, Rafael, nació en Madrid, aunque se crió en Bilbao, y había publicado ya un libro, maravilloso y desconocido, titulado *Pequeñas Memorias de Tarín* y un breve tomo con quince sonetos. A los dos les gustaban casi las mismas cosas y sentían una inmensa alegría, tanto de estar ahí y de viajar y vivir pisando estas sobrecogedoras laderas del Valle de Arán, como de leer, un poco al azar y entusiasmados en aquella hora de crepúsculo y de paz campesina, los hermosos versos que Miguel Ángel escribiera otrora a su meditabundo y secreto amor.

Todavía les cayó un copo de nieve a su paso, desprendido de la rama de un árbol. Hacia el fondo, el camino serpenteaba, y con el deshielo la tierra estaba mojada y el musgo se agarraba vivaz a las rocas desnudas. El panorama era impresionante desde los altos precipicios, y con la visión de los pueblecitos araneses, de bellos nombres: Bosou, Viella, Salardú, Artie, etc. Lés estaba junto al «Ponto de Rei», la frontera francesa, y con el río que le cruzaba por su mitad llevando aguas rápidas y cristalinas. Todo era verde y mojado al morir la llama del sol, tocando delicadamente a Lés. Los versos del poema nos describen al pueblo.

Lés: villa de carabineros,
burgueses y contrabandistas.

Está en el valle. Con sus fueros
también y sus curas carlistas.

En Lés estaban invitados en casa de madame d'Isbay. ¿Quién era madame d'Isbay? Rafael se lo preguntó a su amigo, y por él supo que se trataba de una señora francesa, quizá alsaciana, que había casado con un rico terrateniente del Valle, dedicado a negocios de exportación de madera y con muchas relaciones en Londres y en París. Cuando enviudó, marchó madame a su tierra y estuvo largo tiempo ausente, hasta que por fin regresó definitivamente al Valle de Arán, donde siempre fue conocida por su nombre de soltera. La casa de madame d'Isbay era una bella mansión de piedra, con grandes chimeneas para el invierno, arrimaderos de maderas pulidas y muebles antiguos. Habían también salones con espejos y una biblioteca de primeras ediciones, raras o curiosas, como un venerable ejemplar de la *Della Genealogia degli Dei,* de Boccaccio; las *Lettere* de Pietro Bembo, y todos los volúmenes de la *Encyclopedie.*

Antes de cenar, Eduardo se puso al piano e interpretó su repertorio de canciones. Estaba de moda entonces el cuplé *You-Dou-Ba-Da-Bou* y las picantes aventuras de *Tommy* o las del pobre *Petit Zou-Zou.* Pronto se animaron todos y cantaron el *Je connais une blonde* y el *Tout autour du Luxembourg,* que tanto gustaba a madame. La cena fue servida en el ancho comedor, y todavía eran gratas las llamas del hogar que se reflejaban en las copas. Desfilaron unas truchas del Jueu, las mejores del valle, un gran estofado de *isard* y unas tortillas al ron servidas en platos que llevaban pintada la historia de «La Gitanilla».

Cuando levantaron los manteles, se pusieron a jugar a las cartas. Luego se contaron historias deliciosas mientras se atizaba el fuego y se bebían dulces sorbos de ratafía. Madame d'Isbay debió de ser muy hermosa en su juventud, y hablaba de viajes y de un mundo desaparecido. A Rafael le impresionaría de seguro esta figura femenina y, años más tarde, escribió una novela que, naturalmente, jamás se molestó en publicar, cuya protagonista vivía en el valle y se llamaba Rosa Kruger.

Como en los cuentos de la abuela, madame d'Isbay tenía tres hijas. La pequeña era Catalina y parecía una frágil y sonriente *Madonna*. Rafael quizá se enamoró por unos instantes de ella, los ojos fijos en el brillo de los candelabros de plata.

Y yo le decía: «No hay
para desamarte manera.
Qué linda cosa quinceañera
eres, Catalina d'Isbay.»

Al final de la velada acudió el capellán de Luchón, que fue herido en Salónica y por ello le concedieron la Legión de Honor, y ahora estaba de permisionario. Cuando se despidieron, Eduardo pidió prestadas a madame d'Isbay dos jacas aranesas para ir los dos amigos, al día siguiente, a la ermita de Artiga de Lin. Prometieron traerle unos grandes rosarios bendecidos y el romance con la imagen morena de la virgen.

He leído estos detalles en el recorte de periódico que me dio mi querido José Esteve, gran admirador de Sánchez Mazas. El Rafael del poema es, naturalmente, el propio Sánchez Mazas, y su amigo, Eduardo Aunós. Hemos estado hablando de la obra y la figura, extraña y aristocrática, de este escritor, considerado como el artífice del más limpio castellano de nuestro tiempo y a quien la política desvió, según dicen, de su verdadera vocación. Yo me he quedado silencioso, pensando en madame d'Isbay, y me he dicho que todo es posible en esta vida, y que quizá un día sepamos su verdadera historia, aunque sea de los labios, asimismo encantadores y misteriosos, de Rosa Kruger.

Vida de una dama galante

Ésta es la rosa de los vientos. Gira, se detiene, apunta hacia un hemisferio cuya fortuna ignoramos. ¿Sabemos acaso discernir dónde se halla la fortuna? El soplo del destino, apenas una débil ráfaga de viento, puede conducirnos o apartarnos de ella. Mucho han meditado los filósofos sobre estas otoñales cuestiones mientras silba el viento en la chimenea y el perro dormita a los pies de su amo. Nada. El destino, ese personaje desconocido, llama a la puerta en los alegres días de la primavera, que es el tiempo para la sonrisa y la danza. Y el otoño, este otoño del filósofo, sólo sirve para la melancolía y el recordar.

Y así, no fue en otoño, sino en la primavera de sus diecinueve años, cuando llamó el destino a la puerta de Ana de Quesnay, hermosísima joven que habitaba con sus padres en la ciudad de Brujas hacia el año 1522. Se presentó con la figura del cervecero Jerónimo Buteaut y con el propósito de pedirla en matrimonio. Ana, siguiendo el consejo de sus padres, y aunque bajo y rechoncho, se casó con él, despidiéndose de un mirlo que tenía en el jardín y de un gato bizco que siempre andaba merodeando por la casa y al que llamaba *Kleist*. A Jerónimo, el novio, la ponían malo los bichos, les tenía alergia, y por eso Ana se desprendió de ellos, no sin pesar.

Pero estoy hablando de Ana de Quesnay y, aunque el señor de Brântome no diga nada de ella en su *Vies des Dames Galantes,* fue, con el tiempo y bajo este particular aspecto, una de las mujeres más famosas de su época. Brântome hubiese dicho de ella que era *belle, honneste et vertueuse* en el sentido de que fue, efectivamente, discreta, limpia y bondadosa. Sin embargo, parece ser que Francisco I de Francia, y a propósito de Ana, dejó escrita junto a la ventana de su dormitorio en Chambord la célebre frase: *Toute femme varie.* Es, naturalmente, una frase lapidaria y desengañada. Francisco I la escribió en mangas de camisa y con gotas de angustiado sudor en el rostro.

Ana conoció a Francisco I, cuando lo del cautiverio, en Madrid, ciudad en la que su marido tenía establecido un negocio de cerveza, el primero de esta clase que se introdujo en España, y del que era cliente el propio Carlos V y su séquito. El precio de aquella exótica bebida tenía que ser fijado por la Sala de Alcaldes, y a su propósito Jerónimo Buteaut escribió, quejándose: «Hallará V. A. que respeto de que es fuerza el cocerse veinticuatro horas cumplidas, la leña que se gasta es mucha, y su precio en estos tiempos es tan subido, que es muy grande su carestía. Lo otro, como los materiales que para la hacer se traen de Flandes a estas partes, como es la yerba lupio y lo demás, tiene la costa que se deja entender, y es fuerza para los materiales tener como tengo casa suficiente, que me cuesta cien ducados de alquiler cada año, y más el salario de tres criados, que a cada uno pago treinta reales cada mes, sin otros muchos gastos.»

Como no le dejaron subir el precio de la cerveza, Jerónimo, con el ánimo desgarrado, se suicidó. Ana quedó viuda y en aparente situación precaria, pero mantúvose misteriosamente en la opulencia. Poco tiempo después de terminar su cautiverio Francisco I, Ana de Quesnay marchó a París, y allí alquiló un palacio deslumbrante. Dio fiestas suntuosas, y a su inspiración se debe la danza llamada la *quesnelle,* que se bailaba a oscuras en una sala cubierta de espejos y con un candelabro encendido en la mano. Se oían el roce de las sedas, los besos, y las vihuelas. La hermana del rey, Margarita de Navarra, tuvo celos de ella, dedicándole uno de los cuentos perdidos del *Heptamerón.* Tuvo muchos amores, especialmente con el duque de Clèves, y la publicidad de los mismos determinó la frase del rey. Clément Marot, no obstante, hizo circular, en desagravio, los siguientes versos:

Vous perdez temps de me dire mal d'elle
Gens qui voulez divertir mon entente

Plus la blâmez, plus je la trouve belle
S'esbahis-t-on si tant je m'en contente.

Entonces se puso de moda leer al Aretino, y Ana, aconsejada por Marot, adaptó al francés un par de *I sonetti lussuriosi,* que obtuvieron un éxito de escándalo. Impulsada por su amor a la higiene, muy dudosa en aquellos días e irresistible en ella, Ana se entusiasmó cuando supo que el papa Clemente VII tenía su *stuffetta* (cuarto de baño) provista de grifos para agua caliente y fría, y quiso imitarlo. Inventó, también, y esto le dio un definitivo prestigio erótico, un retrete transportable con jofaina y depósito de agua que iba coronado con una pecera de cristal. Por cierto que uno de sus lacayos murió desnucado al bajar unas escaleras transportando el pesado retrete o sillico, como así también era llamado el ingenio.

Ana de Quesnay acumuló una gran fortuna y conoció muchos secretos de Estado. En el ocaso de su vida, perdidas las gracias y los encantos de antaño, se retiró a un pueblecito cerca de Narbona, lugar que, según decía, le recordaba la España de su juventud. Un día, en la iglesia, escuchó la predicación del padre Ducasse, famoso en aquellos tiempos, y cayó arrepentida y acongojada por su vida anterior. Donó sus bienes a los pobres y dícese que ingresó en un convento.

Casi siempre, misteriosos poderes han velado las raras noticias que tenemos sobre la vida de Ana de

Quesnay. Su nombre, como una rosa desvanecida o como un perfume evaporado, se ha perdido tristemente por los campos y los caminos luminosos de la dulce Francia.

Una aventura de Sherlock Holmes

Hubo un momento de su larga vida profesional durante el cual Sherlock Holmes investigó a fondo los orígenes de las prendas femeninas, y fue precisamente en el transcurso de una de sus feroces e inacabables luchas con Moriarty, episodio que el gran detective llamó «el tenebroso caso de la jarretera»; y así, en un atardecer de octubre, mientras fumaba una pipa en su gabinete de trabajo de Baker Street, lo comunicó a su inseparable y fiel doctor Watson con mucha seriedad y mirándolo fijamente. Watson, que estaba recién casado, abrió los ojos desmesuradamente y tosió con hipocresía. En aquella ocasión, Sherlock Holmes permanecía tumbado con indolencia sobre el sofá mientras su amigo examinaba detenidamente un ejemplar rarísimo de pistola «Sharp» con cuatro cañones giratorios, calibre 22 (5,5 mm.), mediante la cual se había suicidado un coronel esperantista recién llegado de la India.

Sherlock Holmes, sintiéndose particularmente locuaz aquel momento, contó la historia del robo de la liga de la condesa Alicia de Salisbury, a la sazón depositada en el British Museum; execrable hecho que realizó Moriarty, el mortal enemigo del gran detective. Se creía que esta liga era la fuente o el origen de la Orden de la Jarretera, pero solamente Holmes lo probó como consecuencia de los profundos estudios efectuados en ocasión del robo. Ésta es, por lo menos, la tesis de Watson expuesta en un manuscrito original, recientemente encontrado en Londres, publicado por Owen Limited, en 1968, bajo el título de *Murder and Fashion by Dr. Watson (Sir Arthur Conan Doyle)*. Míster Holmes afirmó que, efectivamente, las ligas fueron puestas de moda por Alicia de Salisbury, y que a ésta, en 1345, cuando en una gran fiesta bailaba con el rey Eduardo III de Inglaterra, le resbaló pantorrilla abajo una de sus ligas, la cual el rey prontamente recogió, y que para desmentir las murmuraciones de aviesos cortesanos y manifestar la pureza de sus intenciones, fundó allí mismo el rey la Orden de la Jarretera, que tuvo por divisa una liga y por lema la frase *Honni soit qui mal y pense*.

Holmes buscó y rebuscó la pista de la liga robada, viajando constantemente por Europa y Asia, frecuentando los más dispares lugares, desde hoteles de gran lujo a cafetines infectos y desagradables. Vistió una escafandra autónoma de su invención y descendió a las profundidades del Támesis, donde, por cierto, descubrió una de las múltiples guaridas del tristemente célebre Fu-Manchú; pero no interesándole, en aquel momento, el bandido oriental, ya que su meta era la liga, salió nuevamente a la superficie, oleosa y nauseabunda, del río, continuando sus investigaciones en París. Por fin, en un piso de la rue de Saint-Honoré, recargado de cortinajes de terciopelo carmesí, halló Holmes la codiciada liga, que estaba siendo contemplada lujuriosamente por su enemigo mortal, el infame Moriarty. A punto estuvo de perder la vida nuestro detective, pues Moriarty, al verse sorprendido con las manos en la masa, intentó estrangularlo con la liga, produciéndose un horrible forcejeo. No obstante, con la intervención de Watson (que salió de detrás de un armario apuntando con un revólver al malvado) todo acabó felizmente y la íntima prenda de Alicia de Salisbury fue devuelta con todos los honores al British Museum. Holmes publicó después un celebrado folleto que incrementó su gloriosa reputación de detective, ganándose además la de erudito en el ramo, difícil y prolijo, de la modistería interior.

No obstante las verdades contenidas en tal folleto, nosotros nos permitiremos ahora contradecir ligeramente al gran genio universal de la deducción, diciendo que mucho antes de nacer Alicia de Salisbury ya se conocían las ligas bajo el nombre, según los países, de *senogildes* o *genogildes, ligagambas, cinyells de cuixa, atapiernas, jarretières,* etc. En castellano se las llamaba también «apretaderas», tal como indican los siguientes versos:

Soltó Inés con mano breve
Las finas apretaderas,
Para descubrir la nieve
De sus piernas hechiceras.

Fénelon nos dice que es en la Alta Edad Media cuando comenzó el gusto por la ropa interior, gusto que anuncia, en definitiva, el despertar del «fetichismo», nueva y ulterior etapa en la evolución de la sensibilidad. Indica que la «Jarretière» adquiere un valor erótico particular y que la «duchesse d'Orleans, devenue veuve en 1455, commande à son orfèvre d'orner de larmes et de pensées émaillées les seize petits besants de ses jarretières. Bientôt Rabelais, au nombre des élégances des dames de Thélème, signalera la passion grivoise qui les pousse à assortir leurs jarretières à leurs bracelets».

El simbolismo erótico de la liga ha continuado hasta nuestros días, pero es singularmente durante el siglo XIX que ha obtenido su máxima glorificación, confeccionándose prototipos de excelsa y mórbida fantasía. Por ejemplo, se da por seguro que las lujosas cortesanas de aquel siglo, como lo eran Blanche d'Antigny (1840-1874), La Barucci (1837-1870), Cora Pearl (1835-1886), Margueritte Bellanger (1840-1886) y la célebre *Dame aux Camelias* (que se llamaba Alphonsine Plessis, pero era conocida por Marie Duplessis y más tarde por Madame la comtesse de Perregaux, 1824-1847), regalaban a sus amantes ligas con la inscripción bordada del nombre y la fecha de su relación amorosa. Esto dio lugar al fetichismo de la liga y a la subsiguiente cleptomanía de los coleccionistas, como lo demuestra el caso del barón Coquericaud de Martinière, el cual batió el récord hurtando, en una sola noche, cincuenta ligas a sus gentiles propietarias, damas todas ellas de la buena sociedad que asistían a una función de gala en el Théâtre des Italiens. Después del escándalo que se produjo, el barón fue procesado y condenado, pero no lo fue por estos hechos singulares, sino por unos versos que se le atribuyeron:

O jarretière noire à la boucle argentée,
Diadème lascif d'une jambe sculptée,
Pour les étreintes du plaisir.

Hoy el uso y la sugestión de la liga ha decaído notoriamente, desplazada por los *mitoufles* y los tejidos adhesivos. Todo vuelve, sin embargo; y después de una época llega otra. Ésta es, por lo menos, la opinión de un especialista en estas materias, Cecil Saint-Laurent, autor de *L'histoire imprévue des dessous féminins*. Es posible, pues, que la liga vuelva, aunque sea como un romántico *revival*.

The Farm

Era una gran mansión, sólida y graciosa a la vez, rodeada por un jardín silvestre. Se podía entrar sin dificultad alguna, no habiendo cerradura ni aldaba en la puerta. Como se puede suponer, estoy hablando de una casa abandonada, pero no se me alcanza la razón definitiva y misteriosa de su abandono. Tenía un aire colonial, con sus galerías abiertas a todos los vientos y las vidrieras decoradas del zaguán. Era exactamente la época en que los chicos contemplábamos los cromos de los chocolates «Ametller».

Entonces aparecía Panchita, aquella dulce criada negra que cocinaba platos suculentos a base de canela y plátano frito. Palomo era el papagayo, y decía: «Ven, rico, ven al cafetal.» Eso decía. Panchita no le hacía caso, y entrábamos a merendar en el salón donde el tío Silverio solía leer el periódico. El tío, después, se volvió loco, y la tía Remedios era una santa, porque su hijo se le había vuelto un calavera y, además, por todo lo del tío. En aquel tiempo había un agua de colonia muy buena, y mamá nos peinaba con ella.

Algunas veces, después de todo esto, cierro la puerta, enciendo un cigarrillo y me voy al bar «Sport».

Índice

Los textos de Juan Perucho recogidos en este volumen están incluidos en la más amplia selección de relatos de este autor que bajo el título de *Cuentos* se halla publicada en la colección «El Libro de Bolsillo» de Alianza Editorial con el número 1148.

Otras obras del autor en Alianza Editorial:

Los laberintos bizantinos (LB 1405)
Libro de caballerías (BCC 8)